公元787年，唐封疆大吏马总集诸子精华，编著成《意林》一书6卷，流传至今
意林：始于公元787年，距今1200余年

意林®轻文库

青春最美，梦想出发

中国式好看轻小说优鲜品牌

鲸落在深海2

风浅 著／

JING LUO ZAI SHENHAI 2

北方妇女儿童出版社
·长春·

图书在版编目（CIP）数据

鲸落在深海. 2 / 风浅著. -- 长春：北方妇女儿童出版社, 2019.9

（意林·轻文库. 微甜小时代）

ISBN 978-7-5585-3740-0

Ⅰ. ①鲸… Ⅱ. ①风… Ⅲ. ①长篇小说－中国－当代 Ⅳ. ①I247.5

中国版本图书馆CIP数据核字(2019)第113988号

鲸落在深海②
JING LUO ZAI SHENHAI ②

出 版 人	刘 刚
出版统筹	师晓晖
策 划	安 雅 张 星
责任编辑	吴 强 王 婷 吴宛泽
图书统筹	鹿鸣昔 夏耳耳
特约编辑	崔馨予 张玉玲
绘 图	贺方茧
书籍装帧	马骁尧
美术编辑	张云丽
作家经纪	卢晓凤
开 本	880mm×1230mm 1/32
字 数	330千字
印 张	7
版 次	2019年9月第1版
印 次	2019年9月第1次印刷
印 刷	嘉业印刷（天津）有限公司

出 版	北方妇女儿童出版社
发 行	北方妇女儿童出版社
地 址	长春市龙腾国际出版大厦
电 话	总编办：0431-81629600
	发行科：0431-81629633

定 价	32.00元

目录

Contents

第一章

一个游戏

Chapter1 天倾雨陷

鹿晓赶到秋山医院时，所有人仍然聚在 ICU 的探视区。

于医生、郁清岭、小星的爸妈，还有一个穿着精致时尚的职业女性，大概就是天倾的妈妈。

“鹿老师来了！”小星妈妈第一时间发现了鹿晓。

鹿晓匆忙上前，对着郁清岭的目光解释：“对不起，我等不了，所以自作主张坐公交车过来了。”她离开时天倾虽然不爱说话，却根本没有什么病理性的反应，这才几天工夫就到了进 ICU 的地步了？

所有人都在小声议论着天倾的病情，只有那个职业女性独自站在隔离窗前一言不发。

“您好，请问天倾他……”鹿晓想要问问天倾究竟发生了什么，只不过才开腔，就被天倾妈妈脸上冰冷的表情吓退。

那不是一个伤心的母亲，至少不是她经常见到的那种无助的母亲。她的目光坚定锐利，把鹿晓从头到脚审视了一遍后，才冷冷开口：“你又是谁？”

“我是郁教授的助理，我叫鹿晓。”

“我想眼下我并没有和你沟通的必要。”天倾妈妈的声音毫无情绪。她回头扫视了一眼 ICU 病房，踩着细高跟走到郁清岭的面前，“郁教授，我相信您的专业性才把天倾交到您手上，就算这半年天倾并没有多大的改善我也可以理解，但是您能解释现在天倾的情况吗？”

郁清岭没有说话。

鹿晓拉过小星妈妈，低声问她：“怎么了？”

小星妈妈耳语：“天倾今天上午本来应该到研究所，临出门忽然狂躁，弄伤了自己……”

鹿晓震惊地望向天倾。隔着一重玻璃，脸色苍白的天倾静静地躺在病床上，他看起来就像是经历了一番恶斗，左手手臂上包扎着厚厚的绷带。

在玻璃墙的这一侧，天倾妈妈已经把郁清岭逼到了墙角："郁教授，您的曦光计划，真的有效吗？"

郁清岭的脸色微白。

鹿晓回过头正好看到这一幕，顿时焦躁上头，快步上前拦在了天倾妈妈面前。

"现在不是谈这些的时候，请您冷静一下！"

郁清岭并不擅长处理这样的局面，她能感觉到他的身体已经开始僵硬了。

"现在不是时候？那请问这位助手小姐，你以为什么时候合适？"天倾妈妈冷笑，"天倾的葬礼上吗？"

"你……"

鹿晓不敢相信她竟然会在这种时候说出这种话，这个女人真的是天倾的母亲吗？

"天倾之前明明好好的！"鹿晓咬牙，"这半年来，他虽然交际方面并没有显著改善，但是心情比之前好很多了！"

"那你告诉我，为什么天倾现在躺在里面？"天倾妈妈厉声道。

鹿晓顿时无言以对。

天倾情绪异常是事实，可是她不相信这是郁清岭实验的结果。

"鹿晓……"郁清岭的声音响起。

鹿晓死死地拦在他身前，她感觉自己快要炸了，胸口憋着一股愤懑，目光没有聚焦地扫视了一圈，忽然被小星妈妈手里拎着的袋子吸引了注意力。

那是一个透明的袋子，里面装着染血的衣服，大概是天倾送医的时候脱下的脏衣。

鹿晓感觉到一丝怪异，却不敢确定，于是冲了上去，把透明袋子抢到了手里一件件地翻看：牛仔裤和衬衫，还有一件卫衣开衫外套。

“为什么……是男装？”鹿晓转过视线，望向天倾妈妈。

刚才还步步紧逼的天倾妈妈，此时此刻眼里忽然闪过一丝羞愤憎恶，呼吸急促了几分。

“为什么是男装？”鹿晓拎着卫衣，问她，“你逼他换男装，是不是？”

“我没逼迫他。”天倾妈妈冷冷道，“他本来就是个男孩子，当然应该穿男孩的衣服，穿女装根本就是病态。”

“所以你就逼他换男装？”鹿晓觉得自己指尖发冷，呼吸艰难，“你不该逼天倾换男装。”

她不想把责任推卸给一个母亲，可是她真的好火大！

没有人比她更清楚天倾对性别的认知感有多强烈，当初只是一幅画，他就能跟唐宋扭打成一团，这半年来，天倾从来没有穿过男装。

她都不敢想象，天倾妈妈究竟做了什么。

一场闹剧，最终无言收场。

天倾妈妈接到一个电话，大概是公事，行色匆匆地离开。小星爸妈去办理住院事宜之后，也离开了。ICU 病房前只剩下于医生、郁清岭，还有鹿晓三个人相顾无言，各自调整呼吸。

鹿晓其实不太累，她更担心郁清岭的状态，小心地看了看郁清岭的脸色，发现没有什么异常。

直到离开医院，鹿晓坐在副驾驶上，一路都在小心地查看郁清岭的脸色，确认他并没有失控，才小心开口：“郁教授，天倾他……”

郁清岭道：“Rapid cycling mood disorder。”

鹿晓：“那是什么？”好像是一句术语？

后座上的于医生叹了口气，接过对话：“Rapid cycling mood disorder，快速循环心境障碍，是自闭症孩子常见的症状。在同一天内情绪快速波动，类似于成年人的狂躁症，伤人、无意识攻击……一旦受到剧烈刺激，都有可能发生。”

“天倾曾经有一个双胞胎妹妹，那个女孩子并没有自闭症。他们的母亲是个女强人，这些年一直是保姆在照顾兄妹俩。”于医生停顿了一会儿，才道，“具体的事情我知道的不多，只知道好像是因为保姆照顾不周，天倾的妹妹……”

“那天倾他——”鹿晓惊叫出来。

于医生点头道：“从那之后，天倾一直坚持穿女装，已经很多年了。”

鹿晓趴在玻璃上，回忆着刚刚闭眼昏睡的天倾。也许双胞胎妹妹曾经是他和这个世界沟通的桥梁，后来桥梁崩塌，他就干脆穿起了女装，假装这一座桥梁还在吗？

天倾脱下女装，是个非常清秀的男孩子。只是病房里的他脸色苍白，脆弱得就像是随时会消散的泡沫。

“你知道天倾这个名字，是什么含义吗？”于医生苦笑。

“什么？”

“天倾地陷，他们的到来毁了母亲整个世界的意思。”

“啊？”

“他们的母亲徐女士是一个单亲妈妈。”

当天晚上，天倾被转入普通病房。

第二天鹿晓没有去 SGC 上班，反正在实验室里她能帮上忙的事情不多，索性跟郁清岭请了假，留在医院里照顾天倾。

她到达时，天倾已经睁开了眼睛，正呆呆地望着天花板，脸上没有一丝血色。

“天倾？”鹿晓轻声叫他的名字。

天倾连眼皮都没有抬一下。

“我今天待在病房里陪你好吗？不会吵你的。”

天倾依旧没有反应。

鹿晓心中微微刺痛，好在他没有表现出明显的狂躁。

鹿晓拉了一把椅子，在病床旁边坐了下来。强行介入和干预会造成很激烈的反弹，但是如果一味忽略，则会让他们在自己的世界里越陷越深，所以像这样找个凳子坐在他的余光范围内，是这个特殊阶段的最佳选择。

不去看他，不去尝试触碰他，不去用声音烦扰他，只是出现在他的视野里，等他适应。

鹿晓掏出手机，一边用余光关注着天倾，一边百无聊赖地点开“我家有个动物园”。她的手机是新的，画面直接进入了建立账号的初始页，登录之后页面上有三个选项：A. 海洋馆，B. 动物园，C. 爬虫博物馆。

鹿晓顺手点了爬虫博物馆，不意外地得到了一颗昆虫卵。

三分钟后，虫卵破裂，钻出一条透明绿的毛毛虫。毛毛虫在屏幕上扭着腰肢，嘴里吐出写着“Hungry（饥饿）”的气泡，圆溜溜的很可爱。

其实这小破游戏还蛮好玩儿啊！

鹿晓看着摇头晃脑的毛毛虫，小心地把手机举到天倾的视野之中，尝试着吸引他的注意力——可惜，毛毛虫的脑袋都快摇断了，天倾依旧没有抬一下眼皮。

也是，毕竟也不是人人都喜欢小动物……

午餐时间，鹿晓出门，去医院附近的步行街买了一套女士的休闲裙装，带到了医院。

她提着裙子在天倾面前晃了晃，试着和他对话：“好看吗？我记得你喜欢这种白色的蕾丝？”

天倾没有回应。

“我把它放在你床边的抽屉里好不好？这样等你起床的时候就可以换上。”

天倾一如既往地没有反应。

鹿晓不想给天倾制造负担，于是出了病房，靠在走廊上发了一会儿呆。

其实之前天倾虽然不爱说话，但是这段时间相处下来，他对她的声音已经有了反应，而现在……换上男装的天倾，好像一艘孤独的航船，彻底沉没了。

转眼已是黄昏时分，郁清岭来到时，鹿晓坐在病房外面的椅子上快要睡着了。她当时已经闭上了眼睛，只觉得熟悉的淡淡的气息忽然钻进了鼻子里，再睁开眼时就看见了坐在身边的一抹白色的身影。

“郁教授？”鹿晓忽然发现自己的嗓子哑了。

郁清岭微微点头。

“天倾他……”鹿晓急躁地想要诉说，却被郁清岭平静的目光所安抚。

“别急。”

“天倾的情况，比我们第一次见面的时候还要差……”

本来以为今天天倾的情况或多或少会有些好转，可是现实完全不是这样。为了尽量让天倾熟悉她的存在，又不至于反感，她每次在天倾身边的时间都控制在半个小时以内，进进出出已经十几趟，用尽了所有办法，可是天倾依旧像木偶一样，毫无知觉。而鹿晓空留在他身旁，却什么都做不了。

“今天天倾的状态是，对呼唤名字没有反应，对之前喜欢的女装视而不见，我尝试过触碰他的手，连本能的应激反应都没有，他……”

鹿晓越说越快：“我还数过他眨眼的频率，平均二十秒一次，比正常情况下要缓慢，不知道跟病症有没有关系。天倾他……”

“别急。”郁清岭伸出手，指尖轻轻触碰到鹿晓的额头。

郁清岭说话的时候，微微侧头，露出细长的颈线。

鹿晓觉得眼眶有点儿痛，吸了吸鼻子，猝不及防地，身体被揽入了一个微凉的怀抱。

“别乱动。”郁清岭低声道，“我不确定我的身体能不能适应这种面积的接触。”

“好像……可以。”他喃喃自语。

鹿晓一动不动地听着，也不知该做何反应。

“病情总有反复，不可能一下子痊愈。”郁清岭的手顺着鹿晓的脊背缓缓抚过，“我们只要还有希望，等他想要醒来的时候，就能看见灯塔。”

如果安静有形色，大概就是此时此刻的味道。

鹿晓的身体不知不觉地放松了，于是巨大的负重感倾轧而来。

“有没有好一点儿？”郁教授的声音很小心，微微发抖。

鹿晓此刻只觉得疲惫不堪，迷迷糊糊中，只有一个念头在脑海中盘桓：这个家伙，是不是又从哪里学了新教程？

Chapter2 做个游戏

鹿晓开始正常通勤。

再次回到熟悉的工作岗位，心却无论如何无法像从前一样了。那个医院走廊上的拥抱，就像是一场梦境，在她每一次走神的时候都悄然潜入脑海中，挥之不去。于是心跳开始凌乱，思绪变得无法集中，简单的文档归纳，一个上午都没有完成。

可是郁清岭好像并没有受到影响。

鹿晓心情凌乱时，会用余光偷偷打量对面的郁大教授，看阳光跃动在他工作衫上的光斑，眼角被睫毛投射出淡淡的阴影。他好像根本就没有被那个拥抱改变什么，工作时依旧专注，指尖敲击键盘发出的声音匀速轻快，如同机械。

对他来说，那只是一个简单的安慰吧？

鹿晓漫无边际地猜想，为了逼自己专注，她选择在网上与黑白聊天。

鹿晓：今天还在机房吗？

黑白：在。

自从黑进协科邮箱事件之后，鹿晓就一直有意识地跟黑白保持着友好联系，当然是以网络平台为媒介的沟通。她和他用微信、QQ、电子邮件轮流沟通，几乎是默契网友的关系。黑白的病症在自闭症患者中属于干预得非常良好的，这段时间下来，从文不对题到能简单沟通，黑白的语言能力也在慢慢进步。

鹿晓：黑白，你想谈恋爱吗？

黑白：不想。

鹿晓：那你想跟什么样的女孩子谈恋爱？

自闭症患者通常无法思考畅通逻辑的问题，鹿晓狡猾地绕过了上一个话题，直奔主题。果然，黑白停顿了一会儿，乖乖接受了“一定要谈恋爱设定”。

黑白：不吵的。

鹿晓：那如果你喜欢的女孩子，在你写代码的时候盯着你看，你会不会写不下去？

黑白：为什么会写不下去？

鹿晓：因为她在看你啊，为什么还会写得下去？

黑白：视线不是实际性身体接触，不会受影响。

果然他们的脑袋都是单线程的吧？

鹿晓发了个挥手的表情，结束例行对话，抬头偷看郁清岭。果然，“因为视线不是实际性接触”，所以郁教授丝毫没有受到影响，依旧沉浸在工作中。

唉。鹿晓在心底叹息，撩完就跑这种属性，其实是一种无意识的渣男属性吧？你的教程没有教你下文吗，郁大教授？

鹿晓愤愤不平之际，手机忽然发来信息。

发件方是蓝脚工作室。

亲爱的星际至尊 VIP 玩家，您好！基于您对本公司的支持，本公司为您准备了动物公仔，请您回复地址信息，方便寄送。

——蓝脚工作室

诈骗短信？

鹿晓的第一反应是那个小工作室信息库被黑，信息泄露给骗子集团了。她在桌上的收纳盒里找出上次见面时拿到的工作室的名片，结果发现发件的手机号码还真的是蓝脚工作室的工作人员——那个叫瓶子的程序员的手机号码。

你们富裕了？鹿晓回信息。

嘿嘿嘿。瓶子回复。

看起来赚得还不少。鹿晓脑补了他青蛙一样的脸，顿时笑出声来。

“我家有个动物园”确实是一款还蛮有意思的游戏，小星的海洋馆昨天已经迎来了第一头巨大的虎鲸，游动起来占满整个屏幕，兴奋得小星嗷嗷直叫。

想起小星的脸，鹿晓心中早已萌发过的想法冒出水面。

她看了看郁清岭，试探出声：“郁教授？”

郁清岭抬起头，眼神清澈。

鹿晓的心又狠狠地晃了晃，干咳道：“请问，协科给我们的科研经费中，能用于置办一些对孩子们有帮助的玩具，我们能花多少钱啊？”

“玩具？”郁清岭想了想道，“科研经费一般是用于购买仪器和医院资源的整合，目前还剩下 500 万，合理范围内的开销就可以。”

花得还真快……

鹿晓飞快组织了一下语言：“是这样的，我最初跟小星成为朋友，是因为我的手机上有个游戏软件，这个您知道的吧？”

郁清岭点头。

“我和黑白能沟通，是因为之前……咳，有些私事，他用自己的电脑技巧帮过我。”鹿晓心虚地干咳一声，直接跳到主题，“所以我想，每个孩子在自己感兴趣的领域，也许都留了一扇窗户，只是我们普通人就算找到了窗户，也不一定正好在窗户开着的时候进去。就像之前我给小星看海洋科普画册，她也没有理我。但是游戏做到了。”鹿晓越说越心虚，偷偷看郁清岭的脸色。

“说下去。”郁清岭认真道。

“游戏之所以会吸引人，是因为它利用了很多情感的缺陷，比如奖励机制和审美取向等，悄悄绕过人体理智，让人沉浸于它伪造出来的成就快感里。普通人容易沉溺游戏快感，常常与理智做斗争，因为它太容易投入情感了。自闭症患者，没有健全的逻辑思维能力，正好和普通人相反。”

“小星喜欢鱼，我们不可能真的给她展现虎鲸哺育小鲸鱼；黑白喜欢编程，我们不可能让他去做黑客……不过，游戏可以模拟人生体验，并且能在短时间内促成阶段性成果，非常节省时间，他们的思想很单纯，都会当真。”鹿晓低声道，“当然给他们的内容一定是弘扬真善美的，而且我们还可以夹带私货，用游戏道具之间的关系来折射现实生活的社会逻辑……”鹿晓越说越小声。

她其实根本没有自信，十几年前，专家们还在喊“救救孩子，禁止网络游戏”，现在虽然好一点儿了，但是……

郁清岭没有出声，他的表情渐渐变得凝重。

“对不起。”鹿晓蔫了。

大概过了很长时间，郁清岭才迟迟开口。他问：“要多少资金？”

鹿晓：“啊？”

郁清岭：“制作你说的那种游戏，要多少资金？”他垂眼，凝重道，“我们只有 500 万。”

郁清岭微皱着眉头，显然是在思考资金用度。

鹿晓看着他认真的表情，差一点儿又想哭了。

有了郁清岭的允许，鹿晓当机就对着瓶子的手机号码回拨了过去。

电话那头响了好久，一个期期艾艾的声音才出现：“土豪……您好……您是反悔了要撤回之前的钱吗？”

这个工作室到底是有多穷酸才会心心念念那些钱？

鹿晓朝天翻白眼，按捺着脾气笑道：“不是，我肯定不会退钱了，你放心。”

宅男瓶子那一声欢呼，紧接着电话里传来纷纷扰扰的吵闹声：“中路中路！你死哪去了？谁让你蹲草丛的啊？”

所以，刚才的安静氛围是错觉。电话之所以响了那么久，大概是像烫手山芋一样被投了一圈之后，所有人都在安静地等她宣告结果？一旦放下心来，大家就原形毕露了？

“有什么能为您服务的吗？”瓶子热情道，“除非影响游戏公平性，其余的我们全部配合！”

鹿晓真的不知该说什么好。

“喂，土豪？”

“你们工作室能接受游戏定制吗？”鹿晓不太知道业内规则，吃力地描述着，“就是我们付钱，然后你们负责按照我们的需求制作一款游戏。我们可能对游戏的玩法和过程机制提出一定的要求，你们要负责到游戏上线为止……这样，大概需要多少钱？”

电话那边一阵静默。

“喂？瓶子？”

静默。

不行吗？鹿晓抓耳挠腮，她其实也没有涉猎过游戏行业，听上次林简的形容，好像他们的小工作室是挂在某个大公司下面的？

“是不是没有这种合作方式？还是说你们只接受总公司的任务？”大公司财大气粗，根本不接受这种来路不明的小单子？

“咯咯咯——”电话那头忽然爆发出惊天的咳嗽声。

紧接着又是死一样的寂静。

就在鹿晓以为电话被挂断的时候，瓶子无比温柔的声音响起来：“喂，您好，爸爸……”

鹿晓和蓝脚工作室沟通完毕，挂断电话，耳边还回荡着瓶子那一声千回百转的“爸爸”。

一阵鸡皮疙瘩。

理想和现实的差距真是惊人啊！她果断掏出手机，把曾经给秦寂的昵称“金主爸爸”改回了“秦寂”，做完这一切才抬头看郁清岭，向他解释：“具体的金额，因为我描述不清我们需要的，所以还不知道。我跟他们约了明天中午见面。”

“他们，是谁？”郁清岭问。

“蓝脚工作室。”鹿晓笑了，“之前因为一些误会认识的朋友，是一个游戏制作团队，小星在玩的‘我家有个动物园’就是他们的作品。”

郁清岭垂下眼帘。

“他们在J市，从我们这里过去应该需要几个小时车程，我明天坐市际公交，下班前应该能回来向您汇报。”

其实这种商场沟通，虾兵蟹将去初谈应该是比较好的，以后真合作起来回旋空间也比较大，但是郁清岭的表情……鹿晓猜不出他的表情代表什么，只是看起来有点儿落寞。

于是鹿晓试探着问：“郁教授您要跟我一起去吗？”

“好。”郁清岭的眼里重新亮起光芒。

也只能这样了。

鹿晓心想，虽然很可能被狠狠敲一笔，不过只要郁清岭开心，反正花的也是秦寂的钱……

Chapter3 甲方

翌日清晨，鹿晓下楼时，郁清岭的车已经在公寓楼外候着。

鹿晓不知道自己是怀着什么心态，手忙脚乱地挑了半个小时衣裳。毕竟棉衣太臃肿，呢子大衣太成熟，挑来选去，最后穿了一件毛呢的连衣裙，外面套了个薄羽绒服。下楼时看见郁清岭一身SGC的工作服，她觉得自己是个傻瓜。

“安全带。”开车前，郁清岭坚持道。

鹿晓了解他开车前的一系列准备工作，乖乖系好安全带，扭头问：“郁教授，您吃过早餐了吗？”

“吃过了。”郁清岭一脚踩下油门，匀速行驶十几分钟，直接上了国道。

可是我还没有吃早餐啊……

鹿晓在心底哀号，终于意识到郁清岭采访中说的“亚斯伯格症候群患者无法听懂话外音”是什么概念，然而为时已晚，他已经开上高速，直奔J市。

三个小时后，郁清岭的车停在了蓝脚工作室楼下。

鹿晓第一次庆幸自己没有低血糖，刚才疯狂的饥饿期过后，现在已经完全没有饿的感觉了，除了脚有些发软，其他一切OK。

“就是这里。”鹿晓指着阁楼上的招牌笑道，顺手按了按门铃。

里面照旧一阵噼里啪啦的响声。

十几秒后，房门打开，一群穿着整齐制服的年轻人站在门后，露出极其统一规范的笑容。

“您好！蓝脚工作室欢迎您！”

鹿晓只觉得虎躯一震，站在她身边的郁清岭不着痕迹地退后了一步。

“欢迎您，我亲爱的朋友！”瓶子的嘴巴都快要咧到耳根。

“你……你们好……”

这帮人真的靠谱吗？鹿晓深深怀疑。

双方正尴尬僵持，一个娇小的身影拨开挡在门口的层层肉山，一拳头把傻笑的瓶子推到一边。

“您好，”娇小身影满脸黑线，气喘吁吁，“对不起，他们至今没有见过任何活的甲方，丢人现眼了，里边请。”娇小身影笑起来。

她一笑，鹿晓认出来了，这位是上次见过的工作室的组长林简。只是上次她还是个看起来学生模样的小姑娘，今天化了个妆，所以一时间没有把她和记忆中的女孩联系在一起。

肉山们终于让开了一条道，鹿晓朝脸色微僵的郁清岭投去个眼神，示意他跟上朝里走。

“别怕。”鹿晓压低声音，悄悄道。

郁清岭微微点头。

蓝脚工作室是一座阁楼，里面的构造要比想象中齐全得多，简直是麻雀虽小，五脏俱全，竟然还有一个设备精良的家庭影院！

“对不起，我们没有会议室，外面又太乱，所以就只能在这里聊了。”林简带着歉意笑道。

鹿晓忍不住点头认同。外面的工作区域确实有点儿拥挤凌乱，看得出已经认真收拾过了，但是架不住整体空间小，这个家庭影院简直是全公司最奢华的空间了。

“没关系。”鹿晓笑道。

林简看起来有些紧张，化过妆的脸红扑扑的。她身后一排男生全部眼巴巴地看着林简，看样子她是唯一能扛能说的……

“谢谢，谢谢。”林简鞠了一个躬。

现场的气氛有些莫名其妙，简直像是校长室的会面。鹿晓看了看默不作声的郁清岭，还有脊背僵硬的蓝脚工作室成员，于是笑道：“这是我的上司，郁清岭，郁教授。”

“郁教授好！”员工们集体鞠躬。

这也太紧张了吧……

鹿晓笑道："我们想要定制一款类似于'我家有个动物园'的养成游戏，但是不仅仅是动物，还有别的，比如从养蚕开始，等蚕结茧，然后晒茧、抽丝、纺布，一直到一件衣服成品之后参加时装周，我们想要有这样的一个过程的游戏……可以想象到吗？"鹿晓有点儿难堪地说着，"我是个外行，可能表述不清。"

"能！"成员们齐声应和。

"然后我们想要多一些体系，如昆虫版、动物园版，和海洋生物版一样，这个能实现吗？"

"能！"成员们的眼睛在黑暗中熠熠生辉。

这一声"能"在家庭影院中环绕不去，鹿晓听见了郁清岭呼吸忽然加剧的声音。

其实他也是个不能打不能扛的吧？跟这些工作室的成员有得一拼。

鹿晓在心底暗笑，扭头问道："请问，如果以5个不同版本为基础的话，制作这样一个游戏，在所有步骤完成之后大概需要多少资金？"

本来以为会马上得到热烈回应，没想到成员们脸上的光辉刹那间熄灭了，影院内的气氛莫名悲凉起来。

"很贵吗，还是不行？"鹿晓小心翼翼地问。

蓝脚成员们死一样寂静。

鹿晓越发迷茫。

终于，林简发出了细软的声音："那个……我们吧……其实隶属于景盛游戏，工作室的负责人是景盛游戏的内容部成员，叫李宇。"

"所以要先去景盛谈吗？"鹿晓不明白，这也并不是什么非礼要求，为什么他们一个一个都这副表情？

"不用不用，只是……"林简艰难道，"李总应该快到了，我们不能越级洽谈，所以得请你们等一会儿。"

"没关系，是我们提前到了。"鹿晓笑道。

万万没有想到，这个“等一下”是足足两个小时。

鹿晓其实有些喉咙疼，确切说是因为疲于对话而又饿又累，肚子里灌满了茶水，可是蓝脚工作室的那个“李总”却迟迟不露面。

瓶子果断点了外卖。

家庭影院里的气氛接近焦灼，瓶子搬来自己的手办和漫画书，林简大概已经把能想到的话题都聊了个遍，最后的结果是两方人尴尬对坐，无语凝噎。

“对不起，你们渴不渴？要不要再点杯奶茶？”林简撑不下去了，哭丧着脸道歉。

“没关系，只是李总他……”他是不想来，还是不想来，还是不想来啊？

“对不起。”林简一副快要哭出来的样子。

一屋安静的成员看见林简的表情，脸上都五味杂陈，面如死灰。

就在所有人都快要绝望的时候，门口忽然响起了钥匙转动门锁的声音，只一秒，瓶子就从沙发上跳了起来，冲出门去！

片刻之后，一个戴眼镜的斯文中年男人走进影院房间，抬起眼扫了一圈，径直走向郁清岭，伸出手道：“你好，我是李宇，蓝脚工作室的负责人。”

“您好。”郁清岭犹豫了一秒，回握住李宇的手。

“请问你们的合作项目是什么？”李宇在中央的沙发坐下，盯着郁清岭道。

这个人也太没有礼貌了，当自己是听下属汇报的总裁吗？

鹿晓按捺下心中的不快，道：“您好李总，是这样的，我们主要想……”

“我没有问你。”李宇抬起眼，镜片恰好反光，“公务对话，上下级别不同，没有必要交流吧？”

林简站在他身后，脸上的表情只能用惨烈来形容。

鹿晓终于知道为什么他们之前提起这个“李总”的时候一副欲言又

止的模样了，这个李总的嘴脸简直能气跑一切甲方。

“游戏。”郁清岭缓缓开口。

“什么游戏？”李宇问。

“昨天下午项目策划书中具体描述过的游戏。”郁清岭道，他大概感觉到疑惑，于是真诚地问，“您如果没有看过，可能我们今天沟通的效率会比预期减少30%。”

“我……我比较忙。”

“合理安排时间，有助于增加效率。”郁清岭认真建议。

李总的脸上顿时绿了一半。

活该！鹿晓幸灾乐祸。

蓝脚工作室的成员们面面相觑，看得出憋笑憋得很辛苦，瓶子已经在掐大腿了。

“李总，我们郁总也不爱看策划书。所以还是由我来给您解释。”鹿晓看热闹看得差不多了，在郁清岭彻底把李总点燃之前开口阻拦，“我尽量长话短说，不耽误您宝贵的时间，您看这样可以吗？”

“讲吧。”李总冷淡道。

鹿晓深吸一口气，安抚自己这一切都是为了曦光计划。

整个讲述过程比想象中要艰难，她原本就是外行，很多游戏的具体操作流程并不熟悉，被李总粗暴打断了好几次，最后是在李总背后的林简小心地解释和期盼的目光中，才勉强把计划中的项目解说完毕。

“就这样？”李总问。

“就这样。”鹿晓已经懒得侍奉了，直截了当问，“你们的报价是多少？”

“九十万。”李总皱眉，“我们工作室的成员都很忙，一旦接下你这个项目就意味着好几个项目要搁浅。”

九十万？

鹿晓对游戏没有概念，她偷偷看了一眼成员们的脸色，发现他们的脸上已经是青菜色了。

看起来这个价格已经是贵到离谱了。

“这超出了我们的预算。”鹿晓道，“我们这个游戏是为了自闭症患者做的，原本就是公益，经费实在有限。”

“可我不是做公益的。”李总笑道。

“行。”鹿晓咬牙，“我们需要详细的策划书，请问什么时候可以跟您具体商谈？”

“看情况吧。”李总频频看手表，忽然站起身来，“不好意思，我下午 3 点还有个会议。”

李总匆匆而来，匆匆而去，留下工作人员们面如死灰。

鹿晓也憋了一肚子火，现在已经是下午 2 点多，她到现在还没有休息过，自驾三个小时到这里还坐冷板凳，作为出钱的甲方狼狈成这样也是很神奇了。

“对不起……”林简送鹿晓和郁清岭到门口，灰心道，“景盛拥有上百个下属的工作室，李宇作为负责人，手底下拥有好几个厉害的工作室，我们……对他来说本来就是可有可无的，所以他一般不会在我们身上花时间。”

“有钱不赚，也挺神奇的。”鹿晓笑道。

“因为他只是负责人，不是股东，相当于只是一个部门主管，所以懒得搭理我们的小业绩。”

原来如此！

鹿晓终于明白他这爱答不理的作风是为什么了，其实说白了就是大企业的中层懒政。这种状态就算合作了，之后的每一个步骤推进都会艰难无比。

林简小声道：“要不你们还是找别人吧，我们团队对做这类游戏还算有经验，如果遇到障碍，我们可以提供帮助。”说话间，眼圈已经红了。

成员中的一个白皙小卷毛犹豫着走到林简身后，在她耳边悄悄讲了几句话。林简破涕为笑，朝鹿晓道：“你等一等。”她跟着小卷毛回到影院房间，片刻后又折回，手里多了一张纸，“这是泰迪送你们的礼物，谢谢你们大老远跑一趟。”

是一幅素描。

鹿晓双手抱着茶杯在微笑,她身后的郁清岭正一动不动地注视着她，目光温柔。

画风很美，人物神韵捕捉得栩栩如生。

鹿晓回头看郁清岭，对上了他跟画里面一模一样的目光，顿时，心跳漏了一拍。

之前，究竟是为什么会怀疑他只是被洗脑的呢?

鹿晓在迷糊中思索，他那么单纯，所有情绪都写在眼睛里了，清晰得一目了然。

Chapter4 开挂

没有想到第一次公差会这样收场，鹿晓一路都很沮丧，更加要命的是，胃已经疼起来了。

真是失败的一天啊，鹿晓欲哭无泪。她尝试转移注意力，于是跟郁清岭搭话：“郁教授，对不起，害您白跑一趟。”

“没有。”郁清岭头也不回，目视前方。

没有什么？没有白跑一趟？不用对不起？鹿晓感觉胃疼严重影响了思考速度。

“郁教授，我们是不是得找找别的游戏制作方？”鹿晓悄悄按住抽痛的胃，企图用话题来转移疼痛，“蓝脚工作室这样的情况，恐怕就算能够达成协议，后期的工作推进也不会顺利，虽然……”虽然工作室的成员真的很合适，毕竟他们已经制作出了一个符合标准的“我家有个动物园”。

“蓝脚工作室的工作人员很合适，不需要换。”郁清岭道。

“可是他们的那个李总……”

鹿晓看了一眼手里拿着的画，纠结得感觉胃更疼了。“我家有个动物园”画风可爱明媚，操作简单易懂，可以说是现在市场中少有的一股清风。但是这些优点建立在他们有个极品负责人的基础上。

郁清岭道：“换另外的公司，也不一定能避免不愉快的人。”

鹿晓诧异地抬起头，不敢相信自己是从郁清岭的口中听到这样的论调。单细胞的科研教授郁清岭，怎么看都不像是这种做派。

“所以我们要继续推进合作吗？”

“不用。”郁清岭淡道。

“啊？”

郁清岭停顿了一会儿，缓缓开口：“景盛的合作机制，是小工作室签约制。他们的产品部分为三个研发中心，研发中心下属各自独立签约工作室，李宇只是研发总监之下的组长，所负责的工作室中恰巧包含蓝脚工作室。”

“所以？”鹿晓茫然，她终于知道刚才她在跟李宇对话的时候，郁清岭低头在思索什么了。

“所以，找到合适的理由以工作室名义接入景盛，让猎头去聘请蓝脚工作室成员。”

他的声音平缓，仿佛在说寻常的天气，鹿晓有点儿怀疑自己的耳朵。

这文绉绉的说法，其实骨子里是损招吧？郁大教授这是明摆着要挖空蓝脚工作室？这真的是她认识的郁呆萌吗？

“怎么了？”郁清岭侧过视线。

鹿晓慌忙移开目光：“没什么！”只是三观有点儿被震碎而已。

她偷偷用余光看他的侧脸，其实仔细看才会发现他有着相对冷硬的面部线条。

只要忽略那双常常露出迷惑神情的眼睛，他看起来其实很符合他的身份：Z 大 SGC 高级特聘教授，曦光计划的实验端负责人。远在他们相识之前，“郁清岭”三个字早已是行业标杆，名声在外。

“可是，我们这样做会不会不太友好……”鹿晓仍然犹豫不决，且不说能不能顺利接入景盛，就算接入了也不一定能挖到蓝脚成员们吧？

“为什么会不友好？”郁清岭问。

他大概理解不了中国人的人情世故。鹿晓抓耳挠腮：“我们以后跟李总万一还有交集的话，低头不见抬头见的……”

“可是李宇并没有对我们友好，我们为什么要考虑他？”

郁清岭的车子驶入 H 市，他拨通了商锦梨的电话。不知道是不是有意的，他开了扬声，于是鹿晓就把他们之间的对话听得一清二楚。

商锦梨听完郁清岭的叙述回道：“我明天就去找景盛的人洽谈，不出意外三天内给你消息。”

郁清岭道：“两天。”

商锦梨："喂，也要给对方答复的时间呀，郁教授。"

郁清岭道："不行，要在协科的阅读总结之前完成初步沟通。"

商锦梨在电话那头娇笑："你做事果然一直是简单粗暴啊，郁教授。那我要向你讨个承诺，价格合适的前提下，我要额外增加十万运营资金。"

郁清岭："可以。"

商锦梨："工作室不能挂名在 SGC 名下，否则会很麻烦。"

郁清岭："可以。"

商锦梨："你说的那个李什么，善后也要用钱啊，我想要在协科下一笔科研经费里拿下三十万白条可以吗？"

郁清岭："不可以。"

商锦梨："那二十万？人家李总很可怜啊，这就被挖空了……"

郁清岭皱眉："每天都有很多人很可怜。"

鹿晓确定自己是第一次真正见到社交场合的郁清岭。

郁清岭的眉宇间停留着一抹冷淡，挂断电话时，仿佛是结束一场实验观察，顷刻间冷淡消退，纯净美好的表情又回到他的脸上。

这变化极其细微，好像只是一点点眼神的改变，周遭的气场就会变得全然不同。

他的神情，让鹿晓记起了当初小星失踪的时候，那个雷厉果决，在盘山公路飙车的郁清岭。

其实早该想到的不是吗？郁清岭他只是有一点点亚斯伯格，但他从来就不是小绵羊。

这哪里是社交障碍，这根本就是仗着亚斯伯格症状而不近人情，坦然挥刀，生杀予夺的霸道总裁吧！

就这样一路安静。

鹿晓的思绪还没有稳定下来，呆坐了好久，才发现车子不知道什么时候已经停在公寓门口，顿时尴尬道："啊！对不起！我没发现已经到了！"

“是不是累了？”郁清岭低声问。

“不累……”鹿晓面红耳赤，总不能老实交代，是因为一路上都在想着他怎么忽然变了人设，变脸霸道总裁的事情吧？

她实在太震惊了，胃痛都被吓回去了，现在身体里还留着一点点不真实的感觉。

“鹿晓。”郁清岭低声道。

“什么事？”车厢里因为之前的一路静默，现在渐渐蒸腾出一点儿旖旎。她感觉心跳加速。

然而，并没有出现她预期中浮想联翩的画面。

在漫长的焦灼之后，郁清岭低缓的声音响起。他说：“千树说，你因为专业不符，所以在 SGC 的岗位上一直很迷茫。”他抬起头盯着鹿晓的眼睛，缓缓道，“现在已经有了合适的工作内容和事业，对吗？”

“是啊！”为什么会忽然跳到这样庄重的话题？

郁清岭低声道：“所以，能不能……留在 SGC？”

“啊？”

郁清岭好像在说非常艰难的决定，他沉吟许久，才认真道：“鹿晓，教程说适当的距离才能换来彼此更舒适的个人空间。”他垂下眼睑，淡淡的阴影在眼下慢慢合拢，“可是，我想要保持我们现在的距离，想更近一些，我一点儿都不想有距离。”

郁清岭的表情有些忐忑，深灰色的眼眸露出一点点彷徨，像是害怕被拒绝。

黎千树……没有告诉他关于离职的最终结果吗？鹿晓只觉得身体里的血液正慢慢汇聚到头顶，手足无措，分不清是想逃离还是想更近一些。

“我不会离职的。”她听见自己轻飘飘的声音，“我不去协科，我哪里都不去。”

“好。”郁清岭的睫毛颤了颤，渐渐露出一丝笑容。

仿佛是月光冲破雾气，最寒冷的深夜遭遇稀薄的微光。

趁着鹿晓发呆，他小心地伸出食指与中指，轻轻地钩了钩鹿晓的指尖。

于是，鹿晓的心率失常一直维持到了约见商锦梨的那一天。

因为建立工作室原本没有列入曦光计划，所以并没有约在 SGC 会议室，而是约在 H 市的一个茶室包厢。

鹿晓推开门时，看见商锦梨一身职业装，正举着平板电脑向另一个女性解说着什么。

听见声响，商锦梨笑着介绍："这是景盛产品开发部第一研究中心的主管，伊宛，伊主管。"商锦梨回头看伊宛："这两位是 SGC 的郁清岭教授和他的助手鹿晓。"

"您好。"伊宛主管微笑点头。

"您好。"郁清岭回复。

这才是真正的职业女性吧？鹿晓一不小心走了神，呆呆地看着伊宛。

这个伊宛主管很美，与妖娆的商锦梨不同，她明明在微笑，眉宇间却沉淀着一抹疏离阴郁，目光冷淡且锐利。

她伸出手来与郁清岭握手，手臂细长，与身体形成一个流畅的线条，透出一丝规范到极致的干练。

鹿晓发呆间，伊宛的手已经伸到她面前，她恍然回过神，轻轻握住她的指尖。

细腻而又冰凉。

"认识了，我们就来谈谈正事。"商锦梨道，"蓝脚工作室的人我已经联系过，他们听到伊宛的名字，已经全部答应离职，一个月内可以全部到位。"

可怜的李总！

商锦梨微笑道："相信我们能够在最短的时间内，建立起我们的工作室。不过首先明确的是，接入景盛的新工作室不能在 SGC 名下，否则涉及协科第三方，不论是流程还是以后的资金分配都会有问题。所以，我们需要一个非 SGC 中高层法人，这是首先要解决的。郁教授，您有合适人选吗？”

“有。”郁清岭淡然道，目光转向鹿晓。

商锦梨笑起来：“巧了，我也是这么想的。”

鹿晓有些不知所措，这是什么发展？

▲Chapter5 蓝脚 VS 蓝象▲

之后的数天里，鹿晓的日子前所未有的忙碌。

注册一个工作室，所需要的步骤繁多，商锦梨平常公务繁忙，当然没空管这些事，于是她就像一只勤劳的蜜蜂，每天都在各处辗转填表、签章、签字……忙得快要飞起来，就在预答辩的前一天晚上，她还在准备着要去工商局登记的各种资料和复印件。

托了郁清岭那一篇几近完美的论文的福，预答辩就在这样仓促奔命的过程中稀里糊涂地过去。

接下来是更为忙碌的登记工作，等到正式拿到工作室注册成功的证书，已经是一个多月后。随证一起送到的还有商锦梨送上的礼物，一沓印着工作室名字与职务的名片。

两天后，一个风和日丽的下午，鹿晓与商锦梨、郁清岭会合，坐到了景盛办公大楼的会客区。

商锦梨捧着证书左翻右翻，笑得张扬："蓝象？谁的主意啊？太损了。"

"什么损？"鹿晓不明所以，这名字其实是郁清岭定下的，不过真正取名的应该不是他。

商锦梨笑道："蓝脚是一种寄居蟹的名字，你们挖空了李宇的工作室，还取了一个比人家大一千万倍的相似的名字，这种事情看起来可不像是郁教授的手笔。"

"黎千树。"鹿晓叹息。

"果然。"商锦梨嗤笑。

景盛的一楼会客区就在进门后的左手边，是一个开放的吧台咖啡厅。坐在会客区的时候，能看到门口来来往往的人。

商锦梨与郁清岭难得会面，趁机洽谈着协科来年的预案，鹿晓左顾右盼，忽然在门口发现了一个熟悉的人——那个蓝脚工作室的李总。

李宇一身西装，文质彬彬，走路似乎都天然带着一股风，鬼使神差地也往会客区望了一眼。

于是一不小心，两股视线交叉。

鹿晓朝他笑了笑，完全是本能客套。谁知道李总脸色一变，竟然径直朝会客区走了过来。

“你们怎么来了？”李宇道，“之前的策划案，我月前已经递交给公司，上面还在走流程。”

在景盛的李总要比在蓝脚工作室时谦逊得多，他虽然眉头已经快拧成一个结，嘴角却依旧挂着虚伪有礼的笑容。他抬起手腕，露出价值不菲的表，看了一眼笑道：“景盛对于公益项目还是相当支持的，距离我开会还有半个小时，诸位要不跟我去楼上详谈？”

很显然，李总是误会了。他以为他们是等不及漫长的“审核期”，所以上门催项目来了。并且，他还很嫌弃，不仅嫌弃，还要装作礼貌周到。

伸手不打笑脸人，鹿晓也笑了笑，思考再三道：“对不起，李总，我们并不是来催项目的，只是凑巧在等人。”

“你们找了景盛别的工作室？”李宇脸色一变，笑容挂不住了，“很抱歉，这不符合我们的竞争机制……”

“不是的……”

“诸位可能不知道，景盛旗下合作的工作室有三百多家，我们彼此之间是有协调机制的。”李总的眼里露出不满，“诸位既然一开始找的是蓝脚工作室，中途再与其他工作室接洽，其实对两个工作室都不会太好。”

李宇是个中年人，长得一副斯文有礼的样子，举手投足之间，隐隐有些官腔。他心情不佳时，盯着鹿晓的眼神居高临下，有种教导主任式的压迫。

鹿晓当了将近20年的学生，在这样的目光下……忍不住心颤。

“我们不是……”

“根据我们的平行工作室竞争机制，合作要优先第一家接触的工作室。”

“您真的误会了！”鹿晓已经快被尴尬折磨得喷发了！

她回头朝商锦梨投去求救的目光，却发现商锦梨和郁清岭早就停下交谈，两个人谁也没有出口帮忙的意思，尤其是商锦梨，脸上挂着满满的看好戏的表情。

正当鹿晓抓狂之际，一个纤瘦的身影由远而近，从电梯口向休息区走来。

“伊主管。”一直暗中看好戏的商锦梨利落地站起身，微笑着朝远处的伊宛打招呼。

李宇迅速回头，怔了好一会儿，嘴角重新上扬，对着伊宛微微低头：“伊总监，您好。”

伊宛走到休息区入口，视线落到李宇身上，淡淡开口：“请问，您是……”

伊宛的表情自然，脸上带着疏离却并不是无礼。她的眼里藏着一抹疑惑，显然是真的不认识李宇是何许人也。

鹿晓不禁有些同情李宇了。这种不经意的无视，比直接羞辱还要让人尴尬。

果然，李宇的脸色由白变红，最后由红变青，他干咳了一声，尴尬地笑起来：“伊总监，我是三号研发中心的李成总监的下属，李宇，我们在一周前的年终总结会上还见过的。”

伊宛认真地看了一眼李宇，大概是在努力回忆。

几秒后，伊宛总监真诚地打招呼：“你好，很高兴认识你。”

疏离的得体的笑容，精准无比的握手礼，宛如第一次见到客户，偏偏对象是一周前刚见过的隔壁组下属同事。

李宇的脸彻底黑了。

鹿晓强忍着才没有笑出声，这个伊宛，还真是天然带着“尔等都是手下败将”的气场。

“你们来了。”伊宛收回目光，朝鹿晓与商锦梨微微点了点头，“准备好相关文件了吗？”

“准备好了！”鹿晓匆匆去拿文件夹，想要递给伊宛，却被阻拦。

伊宛道：“不急，我们去楼上签。”

伊宛转过身朝电梯的方向走去，鹿晓和其余几个人跟上，忽然，被李宇拦住了去路。

“等一下。”李宇望着伊宛，“伊总监，是这样的，这几位在一个月前就已经亲自到监脚工作室办公地点商谈过合作的事情，并且向蓝脚工作室发起过正式的策划案。”

李宇的个子原本就不高，在 13 厘米高跟的伊宛眼前，原本的沉稳微妙地有些挂不住。

他不住干咳，眼神闪了闪，犹豫道：“当然，这些事情伊总监您可能并不知情，我们三个研发中心之间，每次因为客户的事情闹得不愉快，也都是因为客户的有意隐瞒。当然，我没有别的意思，只是我想您应该有知情权。”

伊宛回过头，望向鹿晓。

李宇顺着伊宛的目光一起看鹿晓，镜片后面的眼睛里蒸腾出一丝得意。

区区一款最简单的放置游戏，景盛其实并不差这一单，尤其是对于第一研发中心而言，就更不在话下了。

景盛的工作室如果有竞争，需要引入公司仲裁机构来判别，就这么一个游戏所赢得的业绩，远不如平添的麻烦多。

李宇站在伊宛身后勾起了嘴角，可惜，很快就被伊宛冷淡的声音打断。

伊宛：“他们不是和我手下的工作室签约。”

李宇一愣，一时反应不及：“您说什么？”

伊宛冷淡的目光望进李宇的眼："他们是入组景盛，成为第一研发中心的下属工作室。"她说完就转过身，朝电梯走去。

李宇仍然停在原地，半晌，他才张了张口，依旧说不出话来："他们……"

鹿晓觉得元旦的烟花应该留到现在放！

鹿晓跟在郁清岭身后，路过呆若木鸡的李总，尽量不让自己做出丢人的举动来，比如在景盛大楼下朝他吐舌头。

商锦梨技高一筹，在路过他的时候递了一张名片，笑得得体又温柔："这是我们鹿总的名片，我们鹿总年轻气盛，以后共事还请李总多多指教。"

蓝象工作室负责人：鹿晓。

那一秒，李宇的脸色难看至极。

景盛楼上的会议室里，所有的到会人员等候已久。

简单的交流之后，鹿晓把自己的名字工工整整地签在了合作意向书上，正式以工作室负责人的身份入组景盛。

签完字合完影，鹿晓捧着合同走出景盛大楼，不真实的感觉到达了顶点——就这样，莫名其妙地接收了一个工作室？

郁清岭发现鹿晓停在原地，折回到她身边。

"只是一个身份，你的工作地点，仍然是 SGC。"他轻声道。

"嗯，我知道。"鹿晓低声道，她不知道怎么描述自己的感受，只是……有些分裂，明明只是 SGC 的小助理，就这样，莫名其妙接收了一个工作室？

"鹿晓。"郁清岭低声叫她的名字。

他好像总是这样，一旦自己觉得自己无法理解和跟上她的情绪，就会用这种可怜兮兮的方式，打断她沉浸在自己的思维里。

"嗯，别担心，我不是不高兴。"鹿晓笑起来，对这种方式司空见惯，照单全收，“郁教授，明天我们去看天倾好不好？”

既然游戏工作室已经安排妥当了，那么第一个游戏的制作方向，应该是为天倾量身定制。

“好。”郁清岭道。

“不过明天是礼拜天，郁教授您介不介意加班啊？”鹿晓笑起来。

“好。”郁清岭道。

鹿晓忽然发现，郁清岭有一张温柔的侧脸。

她一不小心被他的美色所迷惑，发了一下会儿呆，才记起来商锦梨还在一边，不由得脸上发烫。

“我不看。”商锦梨冷冷的声音传来，“不过容我提醒，不止我一个人在围观。”

鹿晓环顾四周，才发现就在景盛的门口，不远处站着五个熟悉的身影。

黑衣服，亮黄色 LOGO，齐整整的装扮，四个高个男生夹着一个娇小的女生。

“林简？”鹿晓讶异，他们这是已经离职了吗？

“鹿晓！”

鹿晓眼看着林简的眼里迸发出光芒，快步向自己冲来。她还来不及躲闪，就扎扎实实地被抱了个满怀——八爪鱼一样。

“谢谢你！”林简激动地死死抱住鹿晓，好久才松开。

“不用谢，是我要谢……”

鹿晓刚想寒暄几句，一个高大的身影按住了她的后脑勺，紧接着把她用力按进了怀里！

“土豪！谢谢你！你是男人我一定要亲你！”是瓶子。

一个接着一个，鹿晓从最后一个小 T 的胸口勉强抬起头来，感觉自己的鼻子已经被撞扁了。

小 T 没有说话，安安静静地笑着，眼圈微微泛红。

鹿晓被傻笑着的蓝脚工作室成员围在中央，情不自禁地跟着他们笑了出来。

真好，她茫茫然想，本来以为只是能够帮助天倾和孩子们，现在看起来好像成立工作室还可以帮助到这些对游戏执着和热情的年轻人。

这一切真的非常美好。

第二章 人格的秘密

Chapter6 探视

天倾住院的日子里，鹿晓经常下班后去探望他，不过这是她第一次和郁清岭一起去。她也不知道自己是抱着什么样的心思，明明是类似加班的事情，却还是忍不住早早起床换了几身衣服，化了个妆。

她换衣服时，商锦梨正刷牙，看见她穿着平常不会穿的连衣裙，一口白沫喷在了洗手台上。

“哈哈哈——”商锦梨爆笑。

鹿晓只觉得所有的血液涌到头顶，飞快地红着脸退出洗手间。

商锦梨紧跟在她身后，笑得意味深长：“你跟郁教授在交往？”商锦梨挑眉，上下打量着鹿晓，“人类和人类以荷尔蒙为前提的那种交往？”

“没有……”鹿晓窘迫得想逃出去，谁知被商锦梨挡住了去路。

商锦梨：“少来，你最近明明是随时能开花的状态好吗？面若桃花哟！”商锦梨掐鹿晓的脸。

鹿晓埋着头推开商锦梨，手忙脚乱地下楼。

她看见自己在电梯里的倒影，脸上还有一点儿红晕，明明手脚都僵硬，眉眼间却有着无法遮挡的雀跃。

脸上发烫，呼吸也乱糟糟的。

她确实……越来越期待与郁清岭的每一次见面。

初见时以为他冷淡却仍然钦佩他在做的事业，熟悉后发现他高冷的外表下其实一个真挚而又纯粹的灵魂。

被表白时鹿晓很无措，误以为他的表白可能并不是出于本心的时候，又很愤怒地去找黎千树……

他并没有多余的情绪，仅有的那么一点点，她却忍不住被感染。

这是她多年来从未感受过的心脏跃动，从来没有如此期待靠近另一个人的灵魂。

电梯门开启的时候，鹿晓飞快地摸了摸热意未消的脸。

公寓楼下，郁清岭的车子已经静静停泊。

她加快脚步向车子跑去，几乎怀着雀跃的心情拉开车门，朝驾驶座上的那个人扬起微笑："郁教授，您吃过早餐了吗？"

明明是生疏尊重的称呼，滑过喉咙时，却有一丝别样的微妙快感。

郁清岭嘴角微微上扬，习惯性地沉默了几秒来组织言语。他缓缓道："想一起吃早餐吗？"

咦？鹿晓微微诧异，他竟然能听懂话外音了？

"我吃过啦！"鹿晓咧嘴笑起来，"这还是您第一次反问我想不想吃早餐。"她想起上次去蓝脚工作室，郁清岭根本无法领会到中国式问候的话外音，结果害她捂着肚子饥肠辘辘一路。

车辆启动，驶出小区。

"教程说，女孩子的所有问句，都应该自动转化为祈使句。"他低声道，"所以我想，如果被问是否吃早餐，正确解读方向应该是邀请你一起用早餐。"

郁清岭微微闭眼，脸上闪过类似内疚的表情。

"所以您还没有吃过早餐吗？"

郁清岭点点头。

鹿晓又觉得心脏被狠狠戳了一下。

怎么办？他连眨眼都那么可爱。

时间不早了，大部分的早餐店已经停止售卖。鹿晓在医院附近找到一家广式茶餐厅，把各色的小吃都端来一些，一样一样地放到桌上。

郁清岭就坐在桌上，看着鹿晓忙活得像一只快乐的小鸟，忍不住微笑又皱眉。

"对不起，没有帮你。"是纠结迁就的语气。

"没关系！"鹿晓终于把最后一碟放到桌上，夸张地甩汗，"这里我从小就来吃，比你熟悉，可以给你推荐好吃的！"事实上，这是一家自助式的茶餐厅，选餐时周围人很多，郁清岭本就不习惯跟人接触，光是人群就已经够让他紧张了。

她舍不得。

他只要负责在阳光能照射到的座位上，当一盆最美的绿萝就好了，干脏活累活她心甘情愿。

“你……从小就来？”

“对啊！”鹿晓笑着夹了一个肠粉塞进嘴巴，“小时候我住在半山腰的别墅区，方圆五里简直是毫无觅食的地方。每天放学的时候都哀求司机叔叔在这里停一会儿，好上楼去找好吃的填肚子。”

鹿晓沉浸在回忆里，提起童年又兴奋地夹了几块叉烧塞进嘴里，仿佛能够回忆起小时候的味道，说到兴奋时，更是手舞足蹈。

郁清岭静静看着鹿晓发光的眼睛，清晰地感觉到心脏周围弥漫开一股异样的感觉。

又愉悦，又……酸涩。

他不能明确辨别那是什么情绪，于是认真地思索了几秒钟，把它归纳到了“遗憾”里——那些让她眼睛发光的岁月，他还没有找到她，此刻弥漫在他身体里的情绪大概叫作遗憾。

“对不起。”鹿晓回过神，不好意思地挠头，“我太吵了吧？”

明明是陪着他来吃早餐的，结果一不留神，她就吃了好多，还说了一大堆，他该不会嫌烦了吧？

“为什么要道歉？”郁清岭的眼里闪过疑惑。

鹿晓松了一口气，笑起来，把肠粉推到他面前：“随便说的，郁教授尝尝这个，这家茶餐厅的鲜虾肠粉很好吃的。”

“肠粉？”郁清岭低头看着眼前的白色物体，眉头微锁。

“不是字面意思。”鹿晓看他纠结拧巴的样子，忍不住笑着解释，“肠粉的原料是米粉，不是动物内脏。秦寂喜欢吃烧烤和鸭血粉丝，第一次来的时候，因为在里面没找到鸭肠，还跟工作人员吵起来了哈哈……”

鹿晓忍住了想给郁清岭夹一筷子直接塞他嘴巴里的欲望。

毕竟这是一个接吻都会联想到“八千万个细菌交换”的生物学教授。

她只能眼巴巴看着他，热切地围观他缓慢地把肠粉夹进嘴里。“怎么样？很清淡吧？”考虑到郁清岭的口味，她都没有点重口味的小吃。

郁清岭缓缓咀嚼。

良久，他低声道：“你跟秦寂，一起长大？”难掩失落的语气。

“是啊……”鹿晓愣愣地回答，“我父亲过世得早，在那之前，把剩余财产托付给了秦伯伯，在我成年之前代为打理，连同我也一起当秦家的拖油瓶了。”

郁清岭大约是没有想到会得到这样的回答，稍稍出神。

过了片刻，他的眼里才闪过一些细微的情绪，轻缓道：“一定很辛苦。”

鹿晓愣愣地看着郁清岭，阳光下郁清岭的睫毛是金色的，白皙的皮肤仿佛能透过光亮。

好久，她才反应过来，那是他对她的过去的温柔关怀，于是心又沦陷了一片。

“我已经不伤心了。”鹿晓笑着摇头，“时间也真的过去好久了，而且这些年来，这个世界都对我很好。”

就算曾经体会过暗无天日，可是天长日久，这些年来她一直是被温柔以待的，她对这个世界并没有多少怨怼。

“鹿晓，”郁清岭忽然低声道，“很好吃。”

“嗯？”鹿晓愣了半天才反应过来，郁清岭说的是肠粉，“是吧？”

“鹿晓。”郁清岭忽然伸出手，食指与中指合并，轻轻地钩住了鹿晓发呆僵持的手，“鹿晓。”带着略微着急的语气。

鹿晓知道，他这是因为无法理解她的情绪而焦躁了。

于是她抽回了飘忽的神思，回了他一个微笑：“我没事，不要担心。”

她盯着郁清岭手上的动作，想起了自己买下的那一幅《星际迷航》的画……顿时感觉指尖发烫。如果他真的用这个在表示亲吻……那不是，很早以前，就在心安理得地占着不知情的她的便宜了吗？

明明……都还没有明确表白过。

鹿晓知道自己的思维最近一直有些混乱拧巴，莫名地看着郁清岭一副理所当然的样子，心里无端冒出小火苗。

于是她抱着恶作剧心理，手一翻，干脆与他食指交握。

郁清岭的睫毛微微一颤，明明脊背僵直，却没有躲闪。

鹿晓觉得身体里的腹黑因子被激活，干脆趁着他发呆靠近他，几乎贴着他的额间问："这样，细菌交换有没有超标？"

"没有。"郁清岭认真回答，"超过了，也没有关系。如果是鹿晓，就没有关系。"

结局是，鹿晓调戏不成，又自己红了脸。

鹿晓和郁清岭抵达秋山医院已经是上午十点。

天倾的家境不错，在秋山医院拥有单独的套间病房。套间楼层门口静悄悄的，只有一个老人缓缓退出来，正轻手轻脚地关门。

老人看见郁清岭，稍稍鞠躬道："郁教授，您来了。"

"于女士，您好。"郁清岭低声道。

老人连连摇头："叫我于妈就好，这些日子，谢谢郁教授的照顾了。"老人回头望向病房，沟壑纵横的脸上露出慈祥的神色，"天倾从小就是我照顾的，这半年来天倾其实有进步，脾气好多了，只是……一直还达不到陆太太的要求。"

"天倾这几天怎么样？"郁清岭问。

刚刚还笑得慈祥的老人脸色一变，叹了口气，眼眶泛红："只要陆太太不来，天倾就能好好吃饭。如果陆太太来了……对不起，我不该说这么多。"

老人意识到自己的言语不当，又鞠了个躬，离开走廊朝外面走去。

鹿晓目送老人的背影，心情既压抑又低落。

她知道天倾的母亲是一个多么强势的女人，自闭症其实并不一定会性格孤僻，每个自闭症孩子都拥有不同的性格。也许天倾的自闭和陆女士没有关系，但是天倾会变成现在这样的性格，绝对和她脱不了干系。

她轻手轻脚地推开房门，走过客厅，叩响天倾卧室的门。

先敲一声，停顿十几秒，再敲三声，这样的话，里面的人不会被吓到。

“天倾，我是鹿晓。”鹿晓站在门口朝里面温和道，“我和郁教授想来看看你，我们想要进到房间里，可以吗？”

屋子里悄无声息，这是意料之中的反应。

鹿晓回头看了一眼郁清岭，在他肯定的目光中再次开口：“天倾，我们不会和你多说话，不和你发生肢体接触，只是想看一下你是否健康。你如果特别抵触，就……走到门前，把门锁上，好不好？”

房间里出现了一点点动静，细微的声响。

鹿晓的心跟着一点点沉下去，她还是强迫自己用温柔的声音道：“我从 1 数到 30，才会开门。1，2，3，4……”

屋子里断断续续有声响，不知道是天倾下床的声音，还是他在做别的事情。

终于，鹿晓数到了“30”，握住门把手的一瞬间，她紧张得手心都出了汗。如果天倾把门锁上了，那就意味着他对外界好歹有了一点反应，这并不是坏事，不是吗？

她屏住呼吸，转动门把手——细微的“咔嚓”声响起，门竟然畅通无阻地开了。

天倾就站在门后，脸色铁青，手里捧着一些破碎的布料，像是随时都要哭出来的模样。

Chapter7 裙子

“天倾？”鹿晓小心地叫他的名字。

天倾住院半个月，鹿晓几乎每隔两天就会来探望一次，这还是她第一次看见天倾下床。除了在重症监护室的那几天，他转到普通病房后一直是卧床不起，无神地看着天花板。

短短两天时间，竟然已经好转了？

鹿晓还来不及惊喜，就看见天倾忽然踉跄地朝前走了两步。

他盯着鹿晓的眼睛，胸口急剧起伏了几下，像是要开口却发不出声音，最后苍白的脸色渐渐有了青色。

“天倾？你不舒服吗？”鹿晓发现了不对劲。

站在她身边的郁清岭已经脸色大变，他大步跨过鹿晓，却还是晚了一步——天倾瘦削的身体在原地忽然瘫软，向前栽倒。

“天倾！”

鹿晓慌乱地按下病房的应急按钮，几分钟后医生和护士赶来，为天倾做心肺复苏。

病房里所有人手忙脚乱，鹿晓跟着郁清岭去了监控室。医院的所有病房都配有监控设备，尤其是天倾住的特殊病房更是 360° 无死角。在监控里，可以清晰地看见在刚才她叩响房门之后到天倾忽然昏厥这段时间究竟发生了什么事。

屋子里的天倾原本是睁眼躺在床上，听见敲门声，他整个人如同抽紧的虾子一样坐了起来。门外的鹿晓发出声音，天倾的身体又渐渐放松，随后他开始吃力地下床，慌忙地在整个房间四处搜寻——当鹿晓数到 25 的时候，他在床下找到了自己想要找的东西，哆嗦着捧起了它，颤颤巍巍地站起身来，一步一步走向门口。下一秒，鹿晓推开了门。

“那是什么？”监控室的保安皱眉。

鹿晓感觉自己的血液渐渐冰凉：“那是衣服。”她低声喃喃。

确切地说，天倾住院之后第二天她买给他的连衣裙。此时此刻它已经变成了一些凌乱的破碎的布条，被天倾悄悄地藏到了床下，又慌忙地挖了出来。

天倾是想把这些东西交给她，去修复吗？

又是谁把裙子剪成了碎布条？

鹿晓回头看郁清岭，迟疑地问他：“郁教授，陆女士她又和天倾发生过冲突？”

郁清岭点头：“三天前陆女士来过医院，发生过激烈争执，之后陆女士剪碎了裙子离开。”这几天他们忙于工作室，天倾的治疗都由于医生在跟进，他也是刚刚致电于医生才知道现状。

鹿晓看见实时监控中，天倾正被医务人员围着。那些碎布条就散乱在地上，被来往的人群踩在脚下。

如果天倾还醒着，大概又会急红眼吧。

鹿晓闭上眼睛，低声道：“天倾他喜欢什么，不喜欢什么，只要健康无害就不是错误，这些关别人什么事？”

这半年来，没有任何人对天倾的习惯有过指责，偏偏是他的亲人却能做这样残忍的事情。

“鹿晓。”郁清岭的声音响起。

鹿晓抬起头，眼圈泛红。

随后，她被郁清岭轻轻地拥进了怀里。

半个小时后，天倾苏醒。

鹿晓早在他醒来之前就偷偷把病房里的碎布条拿了出来，等天倾醒了，她笑道:“我把裙子拿去修理了，等我修好了就拿来还给你好不好？”她靠近他，语气尽量放缓，“你知道的，我修衣服可厉害了，对不对？”

初次见面的时候，他跟唐宋打架，那个裙子她后来拿去了成衣定制店，修补效果喜人。

天倾两眼无神，僵持了一会儿，极其细微地点了点头。

鹿晓高兴得差点儿哭出来，不论如何，天倾现在又对外界有了回应！这真是不幸中的万幸了。

“你好好睡一觉，我马上出发去修衣服。”

天倾听话地闭上了眼睛。

鹿晓拉着郁清岭出门直奔车库：“郁教授，载我去附近的商业综合体，京都城！”

“衣服，还没带。”驾驶座上的郁清岭一脸懵懂。

“我们不修。”鹿晓原本心情低落，被郁清岭呆萌的表情给逗笑了，“我们重新买一件。”

聪明的学者综合征教授，其实在这方面单纯得像小孩子。已经碎成布条的衣服，就算再昂贵的制衣师傅也修复不到原样了，还好这个裙子刚刚买了半个月而已，还没有换季，在商场里找到一样的显然要方便多了。

半小时后，京都城。

鹿晓顺着模糊的记忆找到了先前的牌子，果然在展柜上发现了那件连衣裙，欣喜之余立马拿出手机要付款，却忽然发现导购小姐的目光含笑，有些说不出的怪异。

“我来。”鹿晓疑惑间，郁清岭已经掏出手机。

“等……”

鹿晓慌忙阻拦，谁知道导购小姐已经麻利地扫了郁清岭的二维码，一脸“这才是正确打开方式”的表情开了票据。

“郁教授，这个是我私人送天倾的，不用……”鹿晓想说，不用走公款渠道了，本来就是小钱。可是话到嘴边又觉得尴尬，实在开不了口。于是，她只能眼睁睁看着郁清岭接过购物袋，又小心地把票据放进购物袋里，显然是不打算换手了。

“教程……”郁清岭认真开口。

“好了好了，走吧！”鹿晓红着脸拉郁清岭出门，生怕他接下去的话被导购小姐听到。用脚指头都想得到他想要说什么，这阵子郁清岭到底是看了什么教程？覆盖范围这么广泛？教程有没有告诉他，表白是要等回复的，不能直接跳过“交往成立”这个环节啊？

鹿晓拉着郁清岭往前走，身后传来导购小姐窸窸窣窣的笑声。

“年轻真好啊，我当年也不好意思花我老公的钱。”

“现在呢？”

“现在也不花啊，他一个月总共就200元零花钱，一支口红都买不起。”

鹿晓回到医院时，天倾的套间已经聚集了不少人。

于医生、于妈、天倾的母亲陆女士，还有曦光小学跟来的带班老师，一群人聚在外间脸色沉重，谁也没有搭理谁。

鹿晓与郁清岭走进套间，一时间有些蒙，也不知道该先跟谁打招呼，只能象征性地点了点头。

“我等下还有会议。”僵持中，陆女士站起身，大步向病房内间走去。

“陆女士！”于妈迈着慌张的步子匆匆拦下陆女士，满脸为难，“天倾他刚刚晕过，情绪不太好，可能……”

陆女士的脸色渐渐铁青。

“你的意思是说，我的儿子情绪不好是我的原因？”她冷笑着说道。

陆女士其实长得和天倾非常像，只是目光更加锐利，天然带着一股压迫力。

“还是你认为，在场这么多人，我最没有资格见到我的儿子？”

于妈手足无措：“不是的不是的，我的意思是天倾他可能需要静养……”面目和蔼的老人此刻脸上已经出了汗，眼神躲闪，既不敢公然得罪雇主，也不甘心放陆女士进去。

“陆女士，”于医生站到于妈面前，勉强笑道，“您可能误解老人的意思了。天倾上午才昏迷过，现在这种情况不仅是你，可能我们任何一个人进去打扰都是不合适的。您应该很清楚，您的儿子在犯病的时候有多害怕见到人，哪怕是自己的亲人。”

陆女士的眼神闪了闪。

于医生放轻声音：“而且，陆女士，有一件事情希望您能明确，现在的天倾绝对不会是你期待中的有所好转的状态，您下午还有会议，我猜您一定不想发挥不佳吧？为什么不等天倾气色稍微好一点儿，再来探望呢？”

陆女主冷笑：“你的意思是说，过几天天倾一定会好转？”

“我……”于医生语结。

于医生从前是秋山医院的医生，越是身为医生越是对人体与心理存着敬畏，百分百的事情，他是不敢承诺的。

陆女士冷冷道：“你不能确定？那你站在什么立场来说服我？”

这几乎是偷换概念不讲理了吧？

鹿晓目瞪口呆，却也实在想不到理由去反驳。本来“好转”这种事情，根本就是美好的期望，而不是必然的结果……可是难道真的放任她进去再引起天倾的情绪波动吗？

鹿晓急得呼吸凌乱，彷徨间，郁清岭路过她的身旁，连同过道上的一丝风一起带进了窒息的空间里。

“好转是理论上的。”郁清岭走到陆女士面前，盯着她的眼道，“不过恶化是必然的。”

“你……”陆女士气得脸色发白。

郁清岭显然没有理解面前女士的怒火，他只是沉浸在自己的数据库里：“我们换过许多种治疗方法，治疗效果大不相同。但在过去的每一次实验结果中您和他发生冲突之后，天倾的恶化率是百分之百，关于这方面的记录，您需要我们的资料证明吗？”

“我不会跟他发生冲突！”

“人跟人之间的相处，只有情绪是无法预期的，就算表面上没有语言与肢体的交锋，但是两个存在不可调和矛盾的人，只要出现在对方视野中，身体自然会分泌激素，影响身体的运行状态。所以，您实际上是否与天倾起冲突，和天倾的身体对您是否有反应，并没有直接联系。他看见您，病情就会恶化。”

“我不相信。”

“您是天倾的母亲，在您有需求的情况下我们无权阻止您。所以，您是想赌吗？”

郁清岭轻轻地问。

鹿晓走到他身后，看见他认真的侧脸，有那么一瞬间，她仿佛能感受到陆女士受到的情绪刺激。

如果说这句话的是于医生，可能只是一种语言对精神的攻击，可是说这句话的是郁清岭。他本身并没有任何攻击倾向，他是真的把一个选择题丢到了她的面前，他的表情真挚，如同杀伐果决却不谙世事的裁决者，你愿意去最坏的地方，那么他会真诚地送你入地狱。

这样的郁清岭，反而有一种异样的压迫力。

陆女士的脸色变了又变，最终面色铁青地离开了病房。

“如果你对天倾做出任何错误引导，我不会善罢甘休。”离开前，她对郁清岭说。

郁清岭安静地目送着陈女士离开病房。

Chapter8 雨微

陆女士走后，所有人都松了一口气。

于妈隔着一道门朝里头的天倾轻声道："妈妈已经走了，天倾，你放心。"她一连说了好几个放心，仿佛是安抚刚刚逃出虎穴的绵羊，念念叨叨了几遍，终于忍不住抹了抹眼睛。

这是鹿晓第一次深入了解天倾。

于妈用凌乱的只言片语，勾勒出天倾的过往。

天倾有一个双胞胎妹妹，名叫雨微，雨微并没有自闭症，虽然是妹妹，却一直以来充当着天倾的保护者。十岁那年，于妈例行请假回家过年，雨微在她离开的短短五天时间里，从三楼的阳台坠下，当场死亡……从那以后，天倾开始穿雨微的衣裳。

鹿晓低声问郁清岭："郁教授，我能去看看他吗？"

郁清岭点头。

鹿晓于是轻轻叩响房门，通知了天倾之后，极缓地推开门。

病房里，阳光透过百叶窗，在地上形成点点斑纹，空气中飘荡着细碎的尘埃。天倾坐在床上，挤在阳光无法照射到的地方，如同一个安静的木偶。

"天倾。"鹿晓小声叫他的名字。

出乎她的意料，天倾竟然有所回应。他顺着她的声音抬起头，目光并非迷茫，而是锐利如刀。

鹿晓在这样的目光下一时反应不暇，喃喃道："我……我修好了裙子，你看看，是不是和之前一模一样？"

她从购物袋里掏出连衣裙，小心地放在他触手可及的床边。

天倾的目光微垂，落在连衣裙上，却又很快移开了视线。

他好像对裙子也并不是特别感兴趣？

"郁教授，我想去看监控。"鹿晓觉得自己的心里养了一只小猫，微妙得刺痒。

郁清岭的眼里闪过疑惑，却仍然点点头。

在监控里鹿晓可以清楚地看到天倾现在的状况：他已经睁开眼睛，先是无神地盯着天花板，而后确定外面没有声音，他掀开被子，极其缓慢地在病房里踱步。

先是打开了柜子，看了看布局；翻身到床下，窥探了几秒钟；最后站到窗边，一直保持着同一个姿势眺望远方。

从头到尾，他都没有看一眼裙子。

“郁教授……”鹿晓有些焦躁，她觉得有什么东西就在她的眼皮底下溜过，她却抓不到。

“别着急。”郁清岭的手覆上鹿晓的额头。

顷刻间，清凉的感觉沁入整个身体，奇异地驱散了焦躁。

鹿晓抬起头，望见郁清岭近在咫尺的脸。这样的距离，其实远远突破了上下级与朋友的距离。

到底是从什么时候起，他已经完全适应了这样亲近的距离呢？明明就在不久之前，他还是那个说话只使用单独词语的高冷教授。

“鹿晓。”

鹿晓有些犯晕。因为真的有些……太近了。近到可以看到他因为“晓”字发音露出的洁白的牙齿，还有光洁的下巴。

这么近的距离，只要她稍稍踮脚，就可以轻而易举地跟他进行八千万细菌交换……

“鹿晓？”郁教授的声音越发迷茫。

“咯，没事。”

天倾真的在渐渐恢复。

翌日鹿晓下班后去探望时，天倾已经乖乖吃了晚餐，坐在阳台上摆弄新买的小裙子。

鹿晓从他身后靠近，故意发出一点儿脚步声。天倾顺着声音回头，两个人的目光并没有交汇，却已经进入对方的余光范围。

“我在你旁边坐一会儿好不好？”鹿晓微笑道，“就一小会儿。”

天倾回过头。

鹿晓知道这是答应的意思，于是拖了椅子坐到他身边，笑着道：“我在路上的精品店里买了个蝴蝶发卡，很适合当这条裙子的胸针，要不要试一下？”

天倾的眼睛亮了亮，飞快地把手里的裙子递给鹿晓。

鹿晓已经好久没有见到这样鲜活的天倾了，不由得有些发怔。

天倾等得不耐烦，又把裙子往前推了推，眼里流过一丝焦急——

“别急别急。”鹿晓笑起来，在裙子上仔细翻找最合适的位置。在这个过程中，天倾的目光一直专注在裙子上，仿佛每一次移动发卡的位置对他来说都是一份新的惊喜。

肩带上，胸口，腰上，天倾的眼睛越来越亮。

他乖乖地站在原地，看着鹿晓的动作，忽然眯起眼睛，嘴角露出笑容。

“她没有找到。”天倾抬眼望着外面的天。

“没有找到什么？”鹿晓呆滞。

天倾的脸上浮现出一点点生动的狡黠：“我把最重要的东西藏在了床底下。”

笑容转瞬即逝，很快，天倾就又换上了迷茫空洞的表情。

“天倾……”

鹿晓怀疑自己刚才看见的是幻觉，可是空气中还依稀留着刚才那一瞬间骤雨初霁的暖意，提醒着她这一切并不是梦。

“你明天出院，我跟郁教授来送你好不好？”

鹿晓终于捕捉到了匪夷所思的尾巴。

天倾在医院不足一个月，可是好转的速度要比之前半年还要快。如果假设 SGC 和曦光小学都没有什么异样，那么，会不会是天倾的家里，有什么东西在反复压抑着他的康复?

她想要知道，床底下到底藏着什么东西。

陆女士在国外出差，天倾出院时，只派了她的专属司机到医院。

鹿晓发挥中文系博士的口才，说服了司机在前面带路，天倾则是坐在郁清岭的车上，跟着他们一起回家。

一路上，天倾的精神状态明显开始焦躁。走出病房时雀跃，看见司机时惊恐。得知可以坐郁清岭的车，他苍白的脸才终于了有了一丝血色，却仍然全身紧绷，呼吸一声比一声沉重而绵长，像是在压抑什么。

天倾他害怕回家吗?

鹿晓坐在他身前，悄悄给郁清岭发微信：我们要不要绕道去研究所?

她想看一看如果知道目的地不是家里,天倾的状态会不会有所好转，结果专心开车的郁教授完全没有看微信的习惯——就这样，一路跟着开道的司机，驶进市中心的别墅群，最后停在一幢三面环河的别墅前。

别墅很美，只是楼上阳台所有的窗户都装上了粗壮的铁栏，像是一个巨大的铁笼。

只是站在别墅之下仰望，鹿晓就感觉到了巨大的束缚，她难以想象天倾住在里面会是什么样的感觉。

很奇异地，天倾走出车内踏上地面的一瞬间，他身上的恐惧与彷徨却又消散了，只剩下阴沉与抑郁。

他站在别墅下，抬头望一眼三楼的阳台，随后熟门熟路地踏入别墅内。

“等等！”

鹿晓反应过来，匆忙跟上天倾的脚步，一步踏进屋内。

一瞬间，她以为自己瞎了。

这栋别墅的窗户都有栅栏，室内所有的照明物都没有开，她从阳光之下一步跨进去，眼睛瞬间刺痛。

只是这一分神的工夫，天倾的身影已经消失在前方。

“于妈，天倾的房间在……”鹿晓终于适应了黑暗，随手抓住了郁清岭的衣角。黑暗带来的慌张正渐渐消失。

“在三楼，三楼最左边那一间。”

“谢谢。”

鹿晓用力地揉了揉眼睛，由衷佩服天倾的视力适应能力，他竟然直接冲上去了？

楼梯就在屋中央，鹿晓拉着郁清岭的衣角，刚刚踏上第一步，忽然间，楼上传来一阵凄厉的尖叫！

——天倾？

▲Chapter9 灵魂与慰藉▲

从一楼到三楼，总共不到七十级台阶，鹿晓几乎是狂奔上楼的。

楼上更加昏暗，过道上的灯尽数是坏的，漆黑的走廊上只有微弱的光。她跌跌撞撞，也不知道撞到了多少东西，终于摸到了最左边的房间——还好，门没锁，鹿晓屏息着推开房门。

开门的一瞬间，异样的气味扑鼻而来。

刚刚痊愈的少年，坐在房间的地面上全身战栗，汗如雨下。

听见门边有人，他陡然一怔，忽然抱住头开始尖叫。

"啊——"变声期的声音，如同破损的瓷器，嘶哑又恐怖。

"天倾！"

鹿晓想要冲上去，却被身后的郁清岭一把拽住了胳膊，强行拖离了房间。

"别进去！"郁清岭厉声道。

所有人都聚集到房门口，眼看着天倾就坐在空荡荡的房间里，整个人蜷缩成一只虾似的。他的声音一声比一声尖锐，像是要把全身的力气都从喉咙里挤出来一般，在整个房间里回荡。

"怎么了？"郁清岭问于妈。

于妈的眼神躲闪，良久才道："陆女士要扔了房间里的东西，天倾才弄伤了自己……天倾住院的时候，陆女士搬空了他的房间，还……还重新装修过。"

鹿晓终于知道那股异样的气味是什么了，那是刚刚装修完毕的新石灰混合着新家具的油漆味。

她不知道天倾的房间原本是什么样子的，但可以想象应该堆满了他喜欢的图纸和裙子。此时此刻偌大一个房间已经被重新装修成了日式极简风格，除了一张床、茶几和衣柜，已经没有任何生活的痕迹。

陆女士彻底抹杀了天倾的过去。

“床底下的东西呢？”鹿晓颤声问，“天倾藏在床底下的，是什么？”

于妈啜泣道：“是雨微……雨微最喜欢的衣裳。”

果然。

鹿晓的心瞬间被海水淹没。

此刻的房间里，天倾正呆呆地坐在地上。

他的胸口剧烈地起伏，目光却是一片空洞。

“天倾……”鹿晓尝试着叫他的名字，却没有换来半点儿反应。鹿晓见过这样的眼神，小星在看见珊瑚鱼死了的时候就是这样的眼神。

也许在陆女士的眼里，屋子里原本的东西都是天倾变成“正常人”的阻碍，可是对天倾来说，这是他和这个世界沟通的唯一桥梁。

而此时此刻，桥梁正在倾塌。

可是在监控里的时候，他明明对这些毫无兴趣。但那日在阳台上夜谈，他看见胸针两眼发光，第一次露出了笑脸。

鹿晓终于听见了连日以来在脑海里反复出现的异样感觉，那是一个匪夷所思的想法，在每一次疑惑中积聚，此时此刻呼之欲出——

“雨微？”她试探着换了一个名字。

天倾的睫毛忽然颤了颤，竟然有了反应。“雨微。”鹿晓小心地叫着这个陌生的名字，一步一步地靠近他。她实在难以想象，眼前的天倾……他的灵魂深处，莫非一直为胞妹留了一个位置？

鹿晓在他面前蹲下。

她看见天倾的眼里忽然弥漫出委屈的光泽，眼泪从眼眶里不断流淌出来，滴落在地板上。

“所有的，都不见了……”天倾盯着鹿晓，哭得更加上气不接下气，“鹿晓，救救我，救救我……”

这是天倾第一次呼唤鹿晓的名字。

少年的嗓音原本就喑哑，哭号之后更是如同砂纸。

鹿晓此时此刻几乎忘记了如何出声，脑海里只剩下天倾痛苦的“救救我”，这是谁在呼救?

是天倾，还是……雨微?

“别怕，你别怕……”鹿晓努力控制自己的手才不至于颤抖，轻轻地，一下一下抚摸着天倾的头发。

天倾不是小星，他有攻击性，稍有不顺，她根本就压制不住已经躁动的天倾。

“东西没了，还可以画出来的……”鹿晓试探着拥抱天倾，确定他没有攻击倾向，她用力抱紧他，“只要你还记得它长什么样子，我一定想办法帮你找回来，不要怕……”

不论属于陆雨微的是什么样的衣裳，只要天倾还记得它的模样，不论要花费多大的代价她都会帮他找回来。

只因为这很有可能已经是天倾存活在这世上的最后一根浮木了。

“找……回来？”天倾的身体颓软下来，只剩下喉咙底翻滚的一点儿气息。

鹿晓压抑着呼吸用力点头。

“只要你没有忘记它，我一定会帮你找回来。”

“鹿晓……”天倾嘶哑着嗓子确定。

“我在，我在。”

天倾真的已经能够认出她了。鹿晓哆嗦着抱住天倾，开心得想哭。

毕竟宇宙那么辽阔，要找到一颗星星，是那么艰难。

两个小时后，于医生终于赶到，同行的还有心理医生黎千树。黎千树对天倾的身体与情绪状况做了详细检查，最终他叹了口气。

“怎么样？”鹿晓紧张地问。

黎千树轻声道：“他既是天倾，也是雨微，只不过藏匿得有些深。”

鹿晓没听懂，向郁清岭投去疑惑的目光。

黎千树解释道："人是很复杂的，我们有时候把自己的意志割裂开来，假装另一个人与自己相互依存，获取慰藉。雨微大概就是天倾的慰藉。"

鹿晓呆呆地看着黎千树，过了好久，才勉强理解他的话。明明是同一个灵魂，却分裂成了截然不同的个性。对女装和周围世界没有兴趣的那个是患有自闭症的天倾，而面对世界很惊恐，对小裙子有着热切欲望的也是天倾，却是代替雨微活着的那个天倾。

所以，天倾从来就不是性别认知障碍，他只是一直在用这样的外表来保护那一座狭窄的小桥，牢牢地抓着与这个世界的最后一丝联系。

而现在，在经历了无数次尝试之后，天倾那个绝望而孤独的小世界终于敞开一道小小的缝隙。也许里面寸草不生，但至少尚有一线机会，能让希望透进去。

"如果我们帮他达成心愿，找回雨微的衣裳，他会不会好起来？"鹿晓小心地问黎千树。

黎千树低头略微思索道："理论上有助于他近期情绪的稳定，不过双重人格要治疗起来就没有那么容易了。"

"没关系！只要他能健康！"鹿晓激动得气息都乱了。

黎千树眯眼看着鹿晓笑了："鹿晓，你这一次做得很好。"他回头望了一眼天倾的房间，轻声道，"一切都会好起来。"

黎千树的车就停在别墅的院子里，离开前，他从车窗里探出头来，朝鹿晓抛了个暖融融的媚眼。

"气消了没？"他睫毛弯弯，一脸明媚。

鹿晓忍不住红了脸。刚才因为担心天倾，她几乎忘了她和黎千树还处在冷战中。

"没生气。"鹿晓移开视线，有点儿愧疚，更多的是心虚。

"哟？"黎千树发出暧昧的声音，目光一转，落在鹿晓身边的郁清岭身上，"可是我办公室被你砸的坑还在，是我的幻觉吗？"

“我哪有砸你办公室？”鹿晓怒了。她确实一时冲动上门理论去了，可是哪有打砸东西啊？

“这里。”

黎千树语气一沉，细长的手指在胸口比画着心脏。

鹿晓已然无语。

黎千树大笑，一脚踩下油门：“老郁！不要忘记教程第三章第四款第五条哦！”

汽车绝尘而去。

果然不该对黎千树抱有一丁点儿的愧疚情绪的！第三章第四款第五条到底是什么鬼东西？

“郁教授……”鹿晓忍了忍，最终把疑问咽了回去，“我们回去吧。”

“好。”郁清岭例行检查车辆。

鹿晓已经习惯了他每次开车之前都要经历的反复过程，从车胎是否有充足气体，车牌是否被遮挡，到刹车、离合器、音响，每一个步骤都仔细检查，虔诚得就像是在拆弹。

她本来以为只会等十分钟，没想到郁清岭前前后后检查了一圈，皱眉道：“有故障。”

它怎么可能会坏？

第三章

在一起

Chapter10 KTV

不论如何，车子真的坏了。

没有任何预兆，躲过了郁清岭强迫症式的开车前检查，莫名其妙地坏了。

“要叫拖车吗？”鹿晓问郁清岭。

郁清岭刚刚打完电话，犹豫了一会儿，迟迟道：“对方说，临近新年，人员派遣不够，恐怕要晚上十点才能过来拖。”

是哦，快过年了。

鹿晓在原地左顾右盼，远远地就看见了一幢高大的建筑，顿时有了主意：“郁教授，我们先去吃饭好不好？就当庆祝找到天倾病情的突破口。”

郁清岭的眼神微微停顿，隔了几秒才回：“好。”

他声音缓缓的，带着一丝别样的郑重其事。

鹿晓几乎可以脑补他整个思考过程，他一定认真斟酌并且遵循了教程中的“女孩子所有疑问句都当作祈使句来判断”定律……

好吧，她刚才确实是祈使句，因为她是真的饿了。早上吃的早茶早就消化殆尽，此时凉风瑟瑟，日落西山，风一吹，饥肠辘辘的肚子更加空虚得如同山谷。

“我知道这附近有个商场，我们步行过去可以吗？”

“好。”郁清岭轻声回。

“吃完饭，就在商场打个车，先送你回家好不好？”

“好。”

“明天您能不能还陪我来看天倾？”

“好。”

夕阳照射在别墅区的林荫道上，道旁常青的树木树影斑驳，碎光婆娑。

鹿晓偷偷看郁清岭的侧脸，实在有些憋不住笑。这个家伙，最初明明只是有"有问必答"强迫症，现在这个强迫症已经变成了"有求必应"吗？

不论什么事情用祈使句提出来，他好像都会答应啊……要不要这么可爱？

十五分钟之后，二人进入商场。

一进商场，鹿晓就觉察到周围的气氛好像不太对，商场里人来人往，似乎总有目光落到她和郁清岭的身上，有时若有若无，有时明目张胆。

是穿着有问题吗？

鹿晓飞快地打量了一下自己，今天穿了裙子，不算什么奇装异服啊，郁清岭则是工作服。虽然SGC的白色大衣确实有些扎眼，但是不论如何也不至于一进门就被人围观吧？

鹿晓被周遭的目光盯得毛骨悚然，不知不觉地加快脚步。

电梯前面站了三个女孩，她们原本正热切讨论着新上映的电影，其中一个女孩看见郁清岭后眼睛一亮，飞快地向身旁两个女孩示意。

三道炙热的亮闪闪的目光。

"您好，请问您是郁教授吗？"女孩中最漂亮的那一位走上前，压着声音问。

郁清岭睫毛微垂："我是。"

"啊，真的是您！"女孩激动得握紧了拳头，"请问能跟您合个影吗？"

郁清岭已经这么红了吗？不至于吧？

三个女孩热切的目光把郁清岭团团围住，郁清岭不着痕迹地朝后退了一步，更加贴近鹿晓。

鹿晓当然看到了他的小动作，她朝女孩们笑了笑道："各位不要挤，电梯上合影比较危险，我们先上楼再说？"再靠近，郁大教授可能要躲她身后去了。

“好！”女孩的眼睛亮得惊人。

电梯到头，三个女孩飞快地在郁清岭身旁站成一圈，鹿晓举着手机，按下拍摄键，正好拍到了商场大厅里悬挂的广告屏，顿时一愣。

她终于明白为什么一进商场就会有那么多奇怪的目光了。这座商场是秦家产业之一，秦寂公器私用，在商场内所有的广告设备上放满了关于曦光计划的宣传海报和视频，商场是个老商场，客源十分固定，恐怕大家都看了半年郁清岭的脸了，怪不得很多人都能认出郁清岭来。

合影完毕，女孩们意犹未尽，兴奋的样子吸引了更多人的目光。

很快，又有人跃跃欲试。

郁清岭仍然站在原地，一副为难的模样。

这大概是他在线下第一次被围堵吧？鹿晓想起了最近他在线上的人气——颜值真是一件可怕的武器，尤其是颜值配上高大上的工作性质，微博上的“郁教授”话题已经能比得上一般的三线小明星了。

郁清岭抬头看广告屏，表情困扰又委屈。

鹿晓莫名有点儿被萌到。她抓住郁清岭的手腕，把他拖出电梯，拐了一道弯儿走进楼梯间。

“这里不会有人，不过要爬到 12 楼。”

“我们去 12 楼？”郁清岭疑惑。

“对，12 楼有一家 KTV，我们可以在里面点餐，然后让人送到包厢。”鹿晓临时做了决定。

不知道秦寂在这一座商场里到底放了多少广告牌，普通的餐馆可能已经不适合郁清岭了吧？

“好。”郁清岭低声道。

“我们爬楼梯上去好不好？”

鹿晓偷看外头熙熙攘攘的人群，感觉自己是守卫白菜的战士。

“好。”

郁清岭是一个实干派，答应的事就努力实践。

12 层，每一层 22 个台阶，总共 264 节台阶，他以机械式的速度慢慢地往上爬，没有停歇也没有喘粗气。

鹿晓跟在他身后累得上气不接下气，连出声阻止他继续前行的力气都没有。

他的体力也太好了吧……

鹿晓走进 KTV 包厢，趴在沙发上气喘吁吁。昏暗的灯光下，郁清岭的脸有些模糊，脸颊的汗水微微反着光。

看来他也不是完全不累啊！鹿晓终于找回了一点儿自尊心，支撑起身体，朝他笑了笑："郁教授有没有来过 KTV？"

因为他看起来有点儿紧张，湿润的碎发丝粘连在颊边，柔软异常。

"来过。上学时，还有 SGC 聚餐。"郁清岭皱起眉头，低声道，"吵，不喜欢。"

噗……

鹿晓可以想象当时的场景，不由得失笑。

"那我们不点歌，只是灯光没办法，只能这么暗了。"鹿晓安静片刻，仔细听了一会儿隔壁的声音，"这家 KTV 隔音很好，我们关上门其实蛮安静的。"

郁清岭静静地聆听。

鹿晓摸摸鼻子："不过……我是不是也有点儿吵？"

自从越来越熟悉，她有时候会收不住话匣子本性，可能对他来说是困扰吧？

郁清岭果断摇头："鹿晓不吵的。"他低声道，"多说些话，很好。"

鹿晓本来只是一句玩笑，却被他的回答扰得心里软了一片。

"郁教授……"鹿晓觉得空气莫名有些黏腻，大概是因为实在是饿了，"您有忌口吗？"

"忌口？"郁清岭罕见地反应不及。

"葱、姜、蒜、辣、香菜、韭菜、香椿，有不吃的吗？"

郁清岭思考了下，道：“你呢？”

他竟然反问？鹿晓呆滞，老实回答：“我都不吃。”那本教程实用性真的是很可怕啊……

“那就都不点。”郁清岭道。

“啊？”

郁清岭道：“凡是你不吃的，都不点。”一字一顿，好像在说最郑重其事的严肃问题。

KTV 包厢理论上是不能就餐的，但是架不住秦寂这一层开挂的关系。

20 分钟后，鹿晓一个人溜出包厢，匆匆去楼下取了餐，跟工作人员打了一声招呼就钻回了包厢。

“吃饭了！”她朝郁清岭摇了摇手里的纸袋。

郁清岭的目光却停在她另一只手上。

另一只手……鹿晓觉得自己的脸上又发起烧来：“咯，刚才撞上了经理，他硬塞给我的，怕我们看不到菜……”

那是一盏电熔的香薰灯。

一捧花饰的造型，透明的瓶子里盛着浅色的液体，里面的灯带蜿蜒缭绕，如同蔷薇花枝蔓绕。

郁清岭大概还在疑惑香薰灯的照明效果有限，鹿晓连忙把菜一字排开，干笑道：“饿死了！快开吃！”

其实经理的原话是“小年轻，搞点儿烂漫气息，这盏灯下的皮肤超棒”，等到郁清岭真的坐到鹿晓的对面，她忽然理解了经理挤眉弄眼说“灯下花映容”是什么意思。

不得不承认，香薰灯下，空气中弥漫开淡淡的花香，郁清岭皮肤白皙，举止斯文，确实……咯，十分可口的样子。

这一顿饭，吃得其实并不安生。

初期紧张局促，好不容易被美食抚慰了躁动的心，门口就响起了一阵阵激烈的敲门声。

不会吧？

鹿晓感觉自己的太阳穴恶狠狠地跳了跳，不祥的感觉笼罩全身。

她在郁清岭的目光下迟疑地站起身去开门，还没有看清门口站的是谁，只闻见了一股熟悉的香水味扑鼻而来——下一秒，一道粉色的影子扑进了灰暗的包厢里。

“1804——随机路人甲！”甜腻的女声在她耳边响起，声音莫名熟悉。

紧接着是一个湿热的拥抱。

粉色的身影扑进鹿晓的怀里，香软的气息趁乱在她耳边诉说：“刚才果然是你啊，记住咱俩不认识不认识的哈！”

果然是认识的。

时下当红小明星，陶可。

鹿晓想朝天翻白眼，却被陶可的手臂狠狠拽着，动弹不得。

她身后跟着一帮人，正嬉皮笑脸地看热闹：“陶可你可别反悔！”

“废话，等着。”陶可回头朝身后的一干人等抛了个挑衅的眼神，回头看鹿晓，挤眉弄眼。

真心话大冒险？

鹿晓很惶恐，毕竟陶可他们圈的人玩得都太疯了。

“你认识我吗？”陶可问鹿晓。

鹿晓点点头。

陶可眨眨眼：“十秒钟，报出我参演的三部剧名，答对了有奖励。”

鹿晓不知道陶可葫芦里卖的什么药，只看见陶可正在朝自己拼命地眨眼。于是她用力回想了几秒钟，终于在脑海深处搜寻到了一点儿模糊的记忆。

“《独木成船》？”鹿晓试探性地答了一个。

陶可用力点头。

鹿晓闭上眼睛，又勉强想起了一个：“《青春的柳芽》？”

“对！”陶可朝着身后的围观群众抛了个鄙夷的眼神，“看看什么才是忠实观众！”

“《如果你是一座城池》？”

“完美！”

陶可兴奋地搂住了鹿晓的肩膀，趁着她发呆，狠狠地亲了一口她的脸颊。

铺天盖地的酒味，还有莫名的甜味席卷而来。

鹿晓听见门口人群的欢呼声，她吃力地挣脱陶可，扭头看向郁清岭，发现郁清岭还没有反应过来。

“散吧散吧！接下去该我做国王了吧？”陶可松开鹿晓之前，暗暗掐了一把鹿晓的腰，低声道：“等着！”

人群飞快散去。

鹿晓摸了摸自己的脸颊，欲哭无泪。早知如此，还不如在楼下餐馆随便找个位置。

门已经关上，室内又恢复了昏暗的模样。香薰灯的气息混杂着刚才陶可身上的香水味和酒味，变得微妙。

“刚刚……是个游戏。”鹿晓艰难地解释，这个世界上有一群非常无聊的人，喜欢把亲密接触作为社交游戏的噱头。

郁清岭皱起了眉头，表情看起来严肃得很。

“其实也没有多大关系的……”

郁清岭走到她面前，盯着她，眉头锁得更紧。

鹿晓身上仍然有陌生的香水味，明明是甜腻的气息，却异常凶残地侵占着他的领土。

他不高兴。

“郁教授？”鹿晓看着他凝重的表情，不知道为什么越来越心虚。

郁清岭的目光落在她的脸上，鹿晓眼睁睁地看着他伸出手，冰凉的指腹贴上了她的脸颊。

一时间，鹿晓心跳如雷。

“鹿晓！”包厢门再一次被人用力砸响。

下一秒，陶可一个人冲进包厢，结结实实地给了鹿晓一个拥抱。

“亲爱的好久不见！刚才幸亏有你，不然我就要上头条了！”

Chapter11 我的心意

陶可猛地冲进了 KTV 包厢，像一只八爪鱼一样抱紧鹿晓，把她死死扑倒在沙发上。

“小鹿！好久不见哦，你胖了哦！胖了哦！”

浓重的酒气迎面而来。

“来合个影。”陶可打开前置摄像头，抱着鹿晓又亲了亲脸，按下快门。

鹿晓想要撕开狗皮膏药陶可，没想到她看起来很娇小，力气却着实惊人，不论怎么推搡都不能挣脱她的束缚。鹿晓最后筋疲力尽，只好任由她压着。

“你喝酒了吗？”鹿晓有气无力。

“一点点。”陶可抬起头来，拇指和食指并拢，做出一个“一点点”的姿势。

这看上去根本不像是一点点的样子。

鹿晓快要喘不过气来了，吃力地扭头看郁清岭：“郁……郁教授……”

郁清岭一直站在阴暗处，听见呼唤，他像是终于得到了允诺一般快步走上前，犹豫着扶住了陶可的肩膀。

陶可一秒清醒，吃力地站起身来，望着郁清岭道：“你是谁？”

她的眼神清凉，没有半点儿醉酒的模样。

郁清岭皱起眉头，他现在无法判断，陶可刚才的所作所为到底是出于醉酒引起的思维混乱，还是说……装的？

“我是郁清岭。”他想了想，低声道。

陶可歪着脑袋，目光一寸一寸打量他的脸蛋，最终归为一片迷糊：“我不认识你，请问，你能不能离开这里？”

这是……驱逐吗？

一个陌生的女人，挡在他和鹿晓之间，命令他离开？

“不可以。”郁清岭脱口而出。

“为什么不可以？请你离开是我的决定。”陶可冷笑。

“但是不离开是我的决定。”郁清岭皱眉。

“我不认识你，我觉得你侵害到了我的安全，你不离开的话，我就报警了。”陶可掏手机。

郁清岭垂下眼睑，脸上露出少有的倔强。

这两个人竟然可以在这种情况下对上话？

鹿晓心神俱疲，选择最直截了当的方式，一把抓住陶可拿着手机的手，把她整个人按倒在沙发上：“闭眼。”她命令陶可。

陶可嘴里嘟嘟囔囔，脸上的神情却放松下来。

鹿晓把郁清岭安顿到沙发的另一边，小声道：“郁教授，陶可她……咯，喝醉了，你不要跟她一般计较。”

郁清岭的眼里噙着疑惑，眉头拧成了山。

“鹿晓。”他低声道。

“嗯？”鹿晓应他。

郁清岭张了张口，最终没有说什么，只是眼神幽幽地望着鹿晓。

鹿晓等了半天没有等到下文，正想开口，却听见沙发那一端的陶可哼哼唧唧了起来，不一会儿，一阵干呕声传来。

陶可真的喝醉了。

鹿晓问服务生要了冰水，用随身的湿巾蘸着冰水给她卸妆。

“头疼。”陶可缩成一团。

“谁让你蠢得不知道酒量。”鹿晓叹息。陶可算是当红的二线明星，圈中应酬多肯定没办法，但喝成这样就是自找的了。

“你们学术圈的瞧不起我们……”陶可一瘪嘴，眼看就要哭出来。

卸了妆的陶可，白净又可怜，软绵绵的身体死命地抱着鹿晓的腰。

“松手，我还要给你洗脸啊。”鹿晓无奈。

陶可埋头在鹿晓的肚子上蹭了蹭："干了。"

鹿晓认命，摸了摸陶可的脑袋。

陶可的酒品向来神奇，她对周围几乎有着动物式的警觉反应，明明已经醉得一塌糊涂，却会本能地寻找安心的对象与角落才放下防备。

鹿晓一点儿都不怀疑，如果她今天没有出现在这里，陶可是有能力应付眼前的场面的，可是她出现了，所以陶可就放任自己成了个小可怜。

"好了，你现在经纪人的电话是多少啊？我让他来接你。"

"不要打给他，会挨骂。"

"那我送你回家？"

"不能……"陶可哭唧唧地说，"夏禾刚才打电话来告密，说外头埋了好多娱记，估计已经是天罗地网……"

"你不是还没红到这地步吗？"

可怕的娱乐圈。

黑暗中，郁清岭静静地看着鹿晓。

鹿晓正熟练地安抚着陶可，她有一双单纯明媚的眼睛，笑起来的时候，光会从月牙一样狭长弯曲的眼缝里透出来，把周围的一切都染得明媚一点点。

此时此刻，几步之遥，他就不在她的辐射范围内了。

于是晦涩的情绪又像是长满刺的藤蔓，一点点从脚心往上攀爬。

——不可以。

郁清岭闭上眼睛，阻止低落的情绪蔓延。

鹿晓她本来就是充满光亮的存在，她有自己的朋友，有自己的生活，活在距离他很遥远的地方。

他是那样用力，想要离她近一点儿，再近一点儿，可是……还是不够，远远不够。

怎么办？

郁清岭问自己，结果是被晦涩的藤蔓束缚得更紧。

“郁教授。”

在被浸没之前，他听见了鹿晓的声音，于是黑暗开始退却，这个世界重新出现在他的眼前。

“那个……陶可遇到了点儿麻烦，”鹿晓好像很为难，犹豫了半天，道，“我想和陶可换一下衣服。”

“换……衣服？”

郁清岭的眼里闪过迷茫。

鹿晓：“嗯，外面可能有娱记蹲点，我和陶可交换衣服，就能引开一拨……”

“好。”郁清岭点头，却迟迟没有动作。

鹿晓看他一副没有理解的模样，顿时脸颊发烫：“所以，能不能请您转过身去……”

这个房间是小号包厢，根本就没有洗手间，她要和陶可在这里交换衣服——郁清岭到底有没有懂啊？

郁清岭确实没有懂，只是听从鹿晓的需求转过了身。

安静的黑暗中，他听见身后传来细微的窸窸窣窣声，那是衣料摩擦发出的声响，忽然间，他明白过来为什么要转过身，顿时呼吸凌乱起来。

郁清岭仓皇地闭上眼睛，耳尖都红了。

在包厢的另一边，鹿晓刚刚和陶可交换了衣服，报复性地掐了一把陶可的脸。

这个家伙穿的衣服也太暴露了！她不是玉女人设吗？

陶可醉得稀里糊涂，却像是听见了鹿晓的腹诽，咧开嘴露出了个娇俏的笑容：“本来外面还有一件……外套的……”

“外套呢？”

“落在……落在晚宴现场了……嗝——”

鹿晓又给陶可灌了一杯水，嘱托道：“我打电话给秦寂了，他还有十分钟就到，在他来之前你别出包厢知道吗？”

“知道。”

“以后别喝那么多了，不一定每次都能遇到救星的，知道吗？”

“知道。”

“我……”

“知道。”陶可显然已经是复读机状态了。

算了！“我们走吧。”鹿晓用力拽了一把礼服，当然冰清玉洁如郁教授肯定不是普通人，但是这件衣裳实在是……好别扭。

郁清岭站起身来，犹豫着看了一眼陶可。

她穿着鹿晓的衣裳，安静地睡在沙发上，身形有点儿像鹿晓——而眼前的鹿晓正穿着曲线玲珑的衣裳，扎着的马尾已经散落下来，看起来有些陌生。

原来她还可以是这样子的。

郁清岭伸出手摸了摸鹿晓的头发，指尖触碰到柔滑的发丝，那点儿陌生就烟消云散了。

鹿晓还是鹿晓。

时间很晚了，商场里的大部分顾客已经散去，剩下的人主要是去楼上的娱乐场所，匆匆而来匆匆而去，并不会逗留。

鹿晓带着郁清岭搭乘电梯往楼下慢慢挪动，她一直低着头，却很清晰地感觉到周围时不时落在她身上的目光。

娱记吗？

她不确定，只是把头埋得更低，一面加快脚步，一面默默地拉住了郁清岭的手腕。

“鹿晓。”郁清岭不安道。

“嘘。”鹿晓拉着他飞快地踏上电梯，借着他的身形挡住了自己的脸。

果然，落在她身上的目光更多了，隐隐约约还能听到有些忘记关掉的快门声。

不知不觉，电梯已经到了底端。

楼下灯光太亮，很容易就会被高清摄像头捕捉到清晰的脸。鹿晓尽量贴近郁清岭，装得好像是醉酒之后的亲近依偎，匀速地朝门口走去。

“鹿晓。”郁清岭的声音越发不安。

鹿晓干脆牵住他的手，压低声音道：“没事的，只是把他们引得远一点儿……”

这座商场和地铁相连，大约有两百米的地下通道，她只要能把他们引到地铁口就算是大功告成了。

“陶可？是陶可吗？”忽然，迎面走来的几个年轻女孩惊声叫了起来。

糟了！

鹿晓埋着头，一咬牙，拉住郁清岭的手往前跑！

“真的是陶可！”

女孩们尖叫起来，四面装路人的娱记眼看着目标快速移动，再也按捺不住偷拍的节奏，跟着奔跑起来。很快，整幢大厦的一楼传来骚动，原本更有耐心按兵不动的娱记也蠢蠢欲动，抱着相机冲向远处逃窜的身影。

那时，鹿晓已经拽着郁清岭冲出去百米远。

她感觉自己快要窒息了，她本来就是个阿宅，学生时代一千米跑从来没及过格啊！

鹿晓越跑越慢，眼看着就要被追上，忽然手腕传来剧痛，她的身体硬生生被扯回了几步。巨大的惯性之下，她的额头撞上了一片柔软，沁凉的消毒水气息钻进了鼻息。

郁清岭？

“你喘得很厉害。”郁清岭的手抵住了她的后脑勺，轻轻按下肩口，“短时间加速跑对心肺功能考验非常大，你不适合。”

确实，鹿晓感觉自己的胸口正撕裂一般的疼。

她用余光看见远处的人影已经越来越近，顷刻之间拦住了通往地铁站的必经之路。

她不敢动了。

如果这时候被发现不是本人，那些娱记马上回头的话，可能正好撞上秦寂和陶可。

所以，能拖多久就拖多久。

地铁口，狗仔们已经彻底放弃了跟踪暗访，堂而皇之地把鹿晓与郁清岭围了起来。最初打破宁静的几个年轻小姑娘终于发现了问题所在，紧张地聚在一起窃窃私语。

很快，越来越多的人开始聚集。

狗仔的长枪短炮对准了鹿晓与郁清岭，顷刻间闪光灯凌乱地闪射。

“陶小姐，请问这位先生与您的关系……”

长时间的僵持之后，终于有人按捺不住开始靠近提问。虽然他们都是专业的跟拍娱记，但是这种撕破脸的情况下，谁家能得到正经的回应谁家就有头条，何乐而不为呢？

鹿晓一直估算着时间，每过三十秒就计数一次，现在距离她离开KTV 大约已经有……15 分钟。

这些时间，足够秦寂带陶可从消防通道离开了。

“陶小姐！”狗仔的包围圈已经从五米变成两米。

鹿晓明显感觉到郁清岭的身体开始僵硬，连带着呼吸也有几分凌乱。她权衡再三，缓缓地从他的肩膀上抬起头，转向人群包围的正面。

“陶……”

人群一阵骚动，下一秒气氛僵持。

通道的灯光足够明亮，鹿晓泛红的脸完全暴露在长枪短炮之下。一瞬间所有人的神情都有些尴尬。

——不是陶可？

“你们……认错人了吧？”鹿晓抬起头，让灯光彻底打在自己脸上。

"你……"狗仔们面面相觑，飞快地反应过来，速度更快的已经往回飞奔。

还有一些反应不及的以及放弃抵抗的狗仔垂头丧气，抱着相机哀叹："我说小姐，大家都是出来混口饭吃的，你们就不能体谅体谅？"

鹿晓心虚地笑，抓耳挠腮道："对不起啊。"

鹿晓不敢多逗留，趁着人群散去，抓起郁清岭朝地铁口走。

狗仔们又散一拨，剩下三两个已经完全放弃追逐，耸耸肩相互闲聊约夜宵。

"哎？你们觉不觉得刚才那个男的有点儿眼熟？"

忽然，有人天外飞了一句。

▲Chapter12 三章四款▲

鹿晓不敢在大厦多停留，拉着郁清岭的手疾步走出正门，穿过那些熟悉的小巷，最后停在巷口。

夜已经深沉，冰凉的风穿过小巷，吹拂过鹿晓的腿。

躁动的心终于宁静，紧随其后的是被放大了无数倍的触觉。

鹿晓逼自己装作冷静地松开了郁清岭的手："咳……应该不会有人来追拍我们了……"鹿晓局促地攥紧了拳头，手心仍然留有郁清岭的温度，烫得吓人，"对不起，都是我惹出的麻烦。我们快离开这里吧。"

小巷里出现了路灯，二三十米一盏。她可以借着路灯的光芒看见郁清岭的影子渐渐出现在她身旁，又渐渐地缩到她身后。

时远时近。

触摸不着。

焦躁难安。

心情也随着影子像是滑铁卢。

"鹿晓。"郁清岭终于出声。

"嗯。"鹿晓低声应，继续埋着头朝前走。

"鹿晓。"

"嗯。"

如果没有带他到这座大厦就好了，鹿晓沮丧地想，他本来就讨厌人群，今晚的体验估计要烂到家了。

"鹿晓……"郁清岭的声音里带了一点点颤意。

鹿晓停下脚步，回头望向郁清岭。

"怎么了？"她问他。

路灯下，郁清岭的表情不似以往般淡然，他像是黑夜里迷路的麋鹿，带着一丝狼狈的脆弱。

他的额头出了汗，柔软的发丝粘连在皮肤上，呼吸凌乱。

“郁教授？”

“我……需要时间，十分钟左右。”郁清岭低声道，一面说，一面退后了几步，靠在小巷的墙壁上。

“郁教授……”

鹿晓终于意识到，自己忽略了他太久太久。今晚发生的事情早就超出了他的舒适区，他一直坚持到最后，甚至还保护了她。而她根本就没有给他适应调节的时间，自顾自地沉浸在自己的羞耻感中。

他一定坚持得很辛苦。

“对不起对不起，我……”鹿晓很想穿越时空去掐死 15 分钟前的自己，她紧张得已经把郁清岭需要充电的事情给忘了。

郁清岭不说话。

他就站在距离鹿晓几步开外的地方，微乱的呼吸在寂静的小巷里清晰可闻。

鹿晓有一种奇妙的错觉，郁清岭似乎是有话想说，却因为今天的事情太过混乱，所以一直未遂。她盯着他汗津津的脸，犹豫着问他：“您……想说什么吗？”

郁清岭依旧只是喘息，睫毛在眼下投射出暗影，遮去了他的眸光。

寂静的夜风带来湿润的凉意。

鹿晓身上衣衫单薄，冷风吹得她的指尖都在发酸，就在她以为她不可能听见郁清岭的回答时，郁清岭低缓的声音响起。

“为什么？”

“嗯？”

“为什么要道歉？”郁清岭的声音夹在风里。

为什么要道歉？

鹿晓一时反应不及，呆呆地望着郁清岭。

“您……很在意我说对不起吗？”

郁清岭皱起了眉头。

“是因为我总说对不起，而您无法理解背后的情绪，所以很在意，对吗？”鹿晓小声问他。

郁清岭闭上眼睛，轻微地点了点头。

鹿晓又想要道歉了，话到嘴边，又临时咽了下去，于是只能与他僵持。

冷风中，郁清岭似是下定决心，一字一顿缓缓开口，他说：“亚斯伯格这一生注定无法与人达成高效的情绪共鸣。”他望着眼前的鹿晓，小心地观察她的眼睛，“社会学逻辑推断可以辅助我，但是大部分时候，我还是无法确定你的情绪状态。”

“郁教授……”

“稳固的感情，需要情绪的互通。我想与你建立更加亲密的情感交际模式，可是……”郁清岭低声道，“可是人类的情绪真的好复杂，鹿晓。”

黑夜遮去了郁清岭大部分表情，夜色下，他的身形单薄，露出一点儿可怜的痕迹。

鹿晓忽然浑身一凛，明白了他的彷徨。

因为不懂，所以他无措得出汗，彷徨得近乎露出痛苦的神色。

因为时时刻刻、分分秒秒都在计算，所以殚精竭虑，时常欲言又止。

想通的一瞬间，鹿晓后悔得想要挠墙。

他一直在努力地理解她的所有行为，她却一直在用最四两拨千斤的相处方式跟他道歉，简直就像是恶意地在凌虐他原本就少得可怜的共情感，把他推向迷茫的海洋。

“对……”鹿晓把到口边的道歉咽了回去，低声道，“以后我会尽量对您讲清楚所有的话，没有隐藏意思。您有不懂的地方，可以直接向我确认。”

郁清岭一愣，眼神微微躲闪。

鹿晓绕到了他眼神落下的地方，朝他笑道：“没关系，我不会感到困扰的。”

郁清岭沉默不语，只是眉头锁得更紧。

鹿晓刚刚放下的心又被揪紧了，悬挂在半空——是说错话了吗？她飞快地思索着。

“任何问题？”长久的沉默僵持之后，郁清岭的声音响起来。

“对，你觉得彷徨的都可以问我，我一定知无不言！”鹿晓如逢大赦，丝毫没有注意到郁清岭的手伸进了自己的大衣口袋中，睫毛颤了颤。

“不会……困扰？”

“不会不会！”寒风凛冽，鹿晓觉得自己是发誓效忠将军的士兵，简直想把头摇下来验忠诚。

就算如此，郁清岭的表情丝毫没有变得轻松。

反而好像……更紧张了。

他的神色凝重，每一次呼吸都仿佛是刻意压低。

鹿晓没缘由地跟着紧张起来，寒冷的小巷里，空气仿佛凝滞。

“郁……”

郁清岭忽然从口袋中掏出了一枚小物件。

那是——

鹿晓完全没有看清楚，只是觉得一点晶莹一闪而过，就被郁清岭飞快地攥入了手心。然后，她眼睁睁看着郁清岭用另一只手握住她的手腕，摊开她的手掌，把自己合拢的掌心对准了她的手心——松手。

一枚精巧的戒指就躺在她的手心。

灯光下，戒指上的钻石发出璀璨的光芒，透亮得如同星辰。

“三章四款。”郁清岭依旧握着鹿晓的手腕，在灯下低头，影子恰好交叠在她的胸口，“确定对方是余生伴侣，就应该用社会规则下的流程，进行婚姻前预备仪式。”

“郁……郁教授……”

郁清岭微微侧耳，眼神专注：“请问，我能否与你缔结婚姻呢？”

“这……”

“可以吗，鹿晓？”

"我……"

"所以，困扰？"郁清岭等不到答复，睫毛颤了颤。

何止是困扰，这是晴天霹雳！

"我们……"鹿晓搜空心思，只能挤出吃力的字眼，"我们还没有交往过……我们只认识半年，您……还不知道我是什么样的人，我……"

"不用。"郁清岭低道，"你很好，我不需要那些过程。"

"可……"

"很困扰，是不是？"郁清岭脸色逐渐苍白，声音愈渐低沉，"社会心理学研究说，成年人的迟疑，代表的是拒绝。"

他的眼神渐渐黯淡，短短几秒之间，仿佛黑暗就要把他吞没。

鹿晓的心里惊涛骇浪，身体却一动都不敢动。

真的困扰吗，鹿晓？她问自己的灵魂。

手心的戒指好像会发烫，连带着灵魂也被灼烧出一个大洞，空落落一片寂寞。

鹿晓回到住处，夜已过半。

她还有些恍惚，上楼时走错单元，蹲在门口翻钥匙花了五分钟，打开房门忘记客厅的照明灯开关在哪里……于是，她没开灯，没换衣裳，手忙脚乱回到房间，扑倒在柔软的床上。

就这样静静地躺了一会儿，她又坐了起来，小心地松开手指。

月光下，手心的戒指只能看见一个大概的轮廓，心跳却好像已经平复不过来了。

剧烈的心跳就在喉咙口，一下一下，激烈地跃动着。

——怎么会莫名其妙就直接走到这一步了呢？

鹿晓把戒指放在床头，伸出手捂住自己的头，她感觉自己的脑袋快要炸裂了，无数的记忆碎片在脑海里循环播放。从第一次见面时的敬畏，到曦光小学天台上的坦然交心，再到稀里糊涂的告白……

手机屏在寂静中亮起来，是来自商锦梨的信息。

商锦梨：约会如何？他告白了吗？

鹿晓伸出指尖胡乱划了几道，纠结几秒钟，还是老实答复。

鹿晓：不算告白。

商锦梨：怎么？学者感情太含蓄？

鹿晓：不是……

商锦梨：来八卦呀，都没有闺蜜间的小秘密吗？

鹿晓：……

商锦梨：来嘛来嘛，说说你怎么摘下SGC高岭一枝花的？哎哟，这种道长型男友想想就带感！

鹿晓面无表情地关了手机屏。

静默几秒，她在床上打了个滚，躁郁地呜咽了一声。

郁清岭哪里是含蓄，他简直是粗暴地一步到位。比起这些，更让她心乱的是她竟然还鬼使神差地收下了戒指……

▲Chapter13 好看的皮囊▲

隔天，鹿晓顶着厚重的黑眼圈走进 SGC 大楼，感受到一丝诡异的气氛。

时近年尾，SGC 所有的驻外的研究组都已经陆续回归，楼内的工作人员数量空前饱和。来来往往的人群中，有不少异样的目光落在她身上，又飞快地躲闪开去。

她加快步伐走进电梯。

电梯里已经站了两个行政部的女生，一见鹿晓，她们飞快地交换了一下眼色，然后把鹿晓从头打量到脚。下一秒，电梯门打开，她们带着不屑，趾高气扬地踏出电梯。

所以，是发生了什么事吗？

鹿晓就这样带着疑惑回到 1102，小心地酝酿了一会儿，才鼓起勇气推开办公室的门。

办公室里洒落了一地的阳光，郁清岭正捧着一束绿萝站在窗前，细致地一点点调整绿萝的叶片姿势。他听见声响回过头，目光与鹿晓交汇，倏地，弯眼笑起来。

“鹿晓。”柔顺的语气，像个温柔的小媳妇。

鹿晓只觉得血液又冲上头顶，脖颈后如同火焰灼烧。她没有应声，飞快地回到电脑前，就座、放包、开机、埋头一气呵成。

“嗯。”一切完毕，她吃力应声。

“早上好。”郁清岭就在对面落座，阳光投射在他的发顶，逆光的身形笼了一层淡淡的金。

“早上好……”鹿晓细声如蚊。

“于医生发来信息，天倾今天早晨已经回到曦光小学。”

“嗯。”

“至于人格上的分歧调停，恐怕并不能急于一时。不过至少我们现在能够确定与‘雨微’的接触有助于安抚主人格的焦躁状态。”郁清岭坐在对面，翻阅手上的一份实验报告，停顿片刻才道，“未来的干预方向可以为‘雨微’单人制定，干预效果应该会有所完善。”

“嗯。”

鹿晓不敢直视郁清岭，脑海里还是一团糨糊。

这一切都莫名熟悉，平淡得就像每一个普通的通勤日早晨，可是明明他的戒指还躺在她的口袋里，为什么……为什么他好像什么事都没有发生呢？

“鹿晓？”郁清岭又皱起了眉头。

短暂的沉默后，他没有如同往常般点到即止，反而站起身，缓步走到鹿晓的身旁，轻轻地把手里的文件放到她的身前。

鹿晓忽然看见他的无名指上多了一枚戒指。那是一个简单的素圈，套在他骨节分明的手指上，越发衬托得他的白皙瘦削。

那是……对戒吗？

鹿晓窘迫得想把头砸进显示器里，口袋里的戒指仿佛是烙红的铁，透过衣服灼烧到了她的腰。

“郁教授，您……”

“不要用‘您’。”郁清岭的声音在她背后响起来，透着一点淡淡的执拗认真，他说，“‘您’在传统语境中，是敬语。”

鹿晓一愣，才反应过来，这是他在对距离感表示小抗议。

“好，我知道了。”她想了想，小声道。

下一秒，她的身后响起小小的气音，像是被压抑许久的紧张在急促的喘息之后释放了出来。

他是不是在笑呢？

鹿晓红着脸想，如果有足够的勇气就好了，就可以回头看一眼。

当然，任凭心绪再难平，每日的工作依旧得继续。

午后，郁清岭独自前往曦光小学，鹿晓没有一起去。她需要留在办公室整理这半年来天倾所有的观察记录，仔细分类归档，尽可能详细地去利用那些记录揣测天倾当时的人格，并试图整理出规律。这份工作，共情能力为零的郁清岭做不到，她却勉强可以做到。

这半年来，她对天倾的观察还是比较多的，厚厚的一沓资料。

那些零零碎碎的记录，每一条都能够被归纳到一种人格上去。渐渐地，天倾的性格特征开始明晰。

9 月 13 日 上午 10:20，天倾与唐宋因为性别起争执——雨微。

9 月 23 日 下午 2:00，天倾收到缝补完毕的裙子，注意力似乎有些不集中——天倾。

10 月 12 日 上午 9:30，天倾在路上被划破手指，包扎完毕后，对外界能进行简单的问答——雨微。

……

胆小怯懦的是雨微，她对世界充满好奇心，有时会焦躁，哭号得像个孩子；冷漠迟缓的是天倾，他总是冷眼看着这个世界。

鹿晓闭上眼睛，仔细回忆之前的点点滴滴。

每次陆女士出现似乎都能引发天倾的歇斯底里，让他身体里的不安定因子彻底释放。他会尖叫，会撕咬，继而筋疲力尽……在那之后，他就会变成冷漠而安静的木偶。所有人都以为那只是强烈的情绪之后出现的反应迟缓，可是现在看来，那种异样状态并不是麻木，而是天倾接管了身体。

所有的谜团终于被解开，这种感觉却一点儿也不好，因为问题更加棘手了。

鹿晓对心理学一窍不通，只能去求助黎千树。一路上，异样的目光依旧徘徊在她的周围，她感觉自己的脊背快要被戳出一个洞了。

好在黎千树今天恰巧留在 SGC。

鹿晓走进办公室，偷偷喘了一口气，抬起头，却看见黎千树的目光也透着浓浓的欲言又止。

鹿晓："黎师兄，关于天倾的病情，我想向您……"

黎千树支着下巴，凑近，嘴角勾起，眼角带笑，完全没有在听的样子。

鹿晓："黎师兄？"

黎千树："嗯？"

鹿晓迟疑地问："是发生了什么特殊的事吗？"为什么今天所有人都是一脸看熊猫的表情？

黎千树："完全没有啊！"堪称慈爱的眼神，"你刚才想说什么？"

鹿晓面无表情地收拾资料，看起来今天的黎千树显然是对工作完全没有兴趣，时间已经不早，她还要按时下班去看望天倾。

"哎……等一等！"黎千树在她身后笑起来，"资料留下，我看一眼，放假前会给你详细的建议。"

鹿晓又折回了办公桌前，把文件轻轻放在黎千树的桌上。

门外陆陆续续有人开始下班，路过门口投来好奇的目光。鹿晓又不安地绷紧了身体，因为熟悉的灼烧感席卷而来了。

黎千树看了一眼门外，憋笑道："你是不是今天还没上过微博？"

下班时间，鹿晓打开电脑，尝试着登录微博。

她的微博名就叫鹿晓，平时不太登录，发布的内容有时是文评，有时是对新研究方向的资料整理，时间久了，在古代文学圈中还颇有人气。不过因为到 SGC 实习，她已经差不多半年没有登录了，一打开微博，跳动的新关注与私信信息就红彤彤地连成一片。

鹿晓一个个顺手点掉，才摸索着找到了黎千树提到的热门话题榜。

排在"娱乐"板块十几名的"SGC 郁教授恋情曝光"已经积聚了十几万条相关搜索，不知道霸占榜单多久了。

鹿晓深吸一口气点进热搜，出现在第一条的赫然是"KTV 之夜"，她跟郁清岭在商场里的照片。

照片是全系列图，从她拉着郁清岭的手跑下电梯，到在地铁通道口紧紧相拥，全部高清无码，细致到她泛红的耳尖都一清二楚。

“啊啊啊我失恋了！明年高考还想报 Z 大啊，结果郁教授竟然不等我！！！”

“+1”

“+2”

“+10086……”

人群兴奋过后，用放大镜式目光对“郁教授的疑似女朋友”进行了细致入微的观察。

“妹子身材好像不错啊，不过穿得也太隆重了吧？”

“又不是赴晚宴的明星，普通人穿成这样有点儿太过了哦。”

“呵呵，虽然现在的女孩子穿着都比较清凉，不过她还真是不怕给学者男朋友掉价啊。”

“非粉非黑，平心而论，除了走红毯的明星，普通人穿成这样怕不是什么正经职业吧？”

“呵呵，楼上快醒醒，大清早亡了，人家穿什么关你什么事？”

“有趣的灵魂也喜欢好看的皮囊，醒醒吧，这个世界就是这样残酷。”

一夜之间，她被冠上了“郁教授的女朋友”，莫名其妙成了女性公敌。围观群众从照片入手，分析了她的面相学、星相学、衣着穿品、有无整容等方方面面，最终得出结论——此女不配郁清岭！

鹿晓看着网上对“某穿着轻浮女性”的形容哭笑不得。陶可的衣裳其实挺好看的，要说暴露到不正经的地步，还远远不至于。

——郁清岭的女友粉这偏见滤镜也未免加得太厚了吧？

而对于郁清岭本人，微博上充斥着的全是赞扬。

从学术能力到颜值，甚至是他不经意的一低头，也被形容为“有涵养的人会注意目光的回避”。

所有赞美之词用在郁清岭身上，好像都不能完全囊括他所拥有的品质，于是人群搜空心思，找出了最原始的赞扬：美好。

郁教授是一个非常美好的人。

越是简单的词汇，滑过齿间时越是旖旎。

鹿晓摸了摸口袋里的戒指，感觉自己的灵魂也沾染了春日的氤氲之气。

拂晓黄昏，杨柳低垂，心软得想要酣睡。

她其实，一点儿也不后悔。

第四章 甜蜜的负疚

Chapter14 初交往

就这样，开始交往。

鹿晓不知道真正意义上的谈恋爱应该是什么样的，不过郁清岭是个工作狂，他拥有的情绪有限，绝大多数时间都专注于曦光计划，确定交往之后第一次一同出行……是去曦光小学查看天倾的现状。

一路上，鹿晓都有些坐立难安。

坐在她身边的已经不是上司郁教授，而是……男朋友郁清岭了。这种感觉很微妙，看山不是山，看水不是水，只要余光稍稍触碰，就控制不住自己的心跳。

可是郁清岭好像还是那个郁教授，开车前三百六十度检查车辆，开车后目不转睛地正视前方，面无表情的脸上看不出任何情绪波动……

“车……修好了？”鹿晓局促地找了个话题，小声道。

“嗯，已经维修完毕。”郁清岭低声道。

“是什么问题呢？”鹿晓话刚出口，就想把自己原地碾死，这种没有营养的话题会引来郁清岭的长篇大论吧！

“故障。”郁清岭微僵的语气道。

竟然没有从故障名称讲解到机械原理，然后从物理学延展到量子力学？

鹿晓诧异地偷看郁清岭，忽然发现，其实郁教授本人也并不是真的面无表情。明明不是很热，他却出了很多汗，额头微微濡湿着，柔软的鬓发贴在脸颊边。

他在紧张？

“郁教授，”鹿晓小声问，“你是不是……也找不到话题？”

郁清岭的手微微一滞，竟然闯过一个红灯。

千载难逢的奇迹啊！

僵持了十几秒，郁清岭沉静的声音响起来：“早晨背诵过几个方案，可是并没有合适的语境。”

话音刚落，他连额头都出汗了。

鹿晓感觉手心微微滑过一丝电流，微妙的感觉如湖泊涟漪，一圈一圈荡漾开来。

也许人性就是挺恶趣味的，知道郁清岭比她还要紧张，她反倒不紧张了，一路上光明正大地看着郁教授连闯红灯，实在憋不住低头笑了起来。

这个家伙，其实就像是运行速度慢一点儿的老爷机。

运算超载，所以只能内核发热以致敬。

“要不，我们先装作没交往吧？”鹿晓想了想，憋笑道，“就让时间回档，工作时间一切照旧，下班后……下班后我们再找找攻略？”

不然再这样尴尬下去，他迟早会变成马路杀手啊！

“好。”郁清岭轻声答，配合地摘下了无名指的戒指。

然后，真的再也没有闯过红灯。

这到底是怎样一段恋情呢？

鹿晓在心底小小地画了个问号。她也没有谈过恋爱，上学的时候见过室友们的各种狗血过往，也曾经幻想过自己将会遇见怎样一个人，走过怎样一段人生旅程，可是就算之前设想过千万次，也没有真正地预见过郁清岭。

在曦光小学，天倾并没有立刻回到所在班级，而是被预先安排在医务室里，接受于医生和黎千树的心理状态评估。

鹿晓跟在郁清岭身后进门的时候，心理评估刚刚结束，于医生微笑着向郁清岭汇报天倾的状态。他口中冒出的一大堆专业词汇和英文名称她几乎听不懂，只是最后一句“可以继续实验”让鹿晓偷偷地松了一口气。

“去打个招呼吧。”黎千树微笑道，目光落在鹿晓身上。

鹿晓犹豫着推开医务室的门，骤然一愣。

内间的病床上，坐着一个清秀的男孩，一身T恤与牛仔裤，干净清爽得有些陌生。

男孩缓缓抬起头，目光与鹿晓交汇。

这是——

鹿晓惊讶地倒吸了一口凉气，不敢相信自己的眼睛。

她已经跟天倾认识半年之久，半年前的天倾，只是看见唐宋的画就尖叫着冲上去，和唐宋扭打成一团，而现在，他竟然心甘情愿地换上了男装？

“天倾……”她加快脚步上前，第一反应是掀开天倾的衣裳，查看他身上是不是有伤口。

天倾的呼吸忽然急促，脸色涨红。

鹿晓终于回过神，尴尬地松开了手：“对不起，我……”她窘迫得抓耳挠腮，总不能说她是因为担心陆女士对天倾做了什么逼他穿男装，才这么着急地当众脱人家少年的衣裳吧？

鹿晓看着面红耳赤的天倾，很想找个地缝钻进去。

还好还好，天倾没有被刺激到。

她小心观察着天倾的脸色。

天倾却忽然闭上了眼睛，脸上的红晕渐渐消退，笔直的身体渐渐地倚靠到了病床上。

“天倾？”

天倾动了动，伸出手揉了揉眼睛，再睁眼时眼里的空洞冷漠已经消失不见，只留了一些懵懂的光芒。他像是花了很久才找到视线的焦距，最后目光落在了鹿晓身上。

天倾吃力地从病床上支起身，慢悠悠地靠近鹿晓。

“鹿晓！”外间，郁清岭见状脸色一变，快速移动几步，却被黎千树制止。

“嘘。”黎千树牢牢堵住了郁清岭的去路，用眼神示意他继续观察。

鹿晓屏住了呼吸，她不是不知道，天倾情绪失控时会有自残和攻击倾向，可是眼前的天倾与之前的任何状态都不同，他的眼里充满着她不熟悉的光芒，温和且脆弱，仿佛是趋火的飞蛾见到了灯光。

他应该没有失控。

鹿晓屏住呼吸，努力控制自己的身体，一步也不倒退。

“鹿……”天倾忽然伸出手，抓住了鹿晓的肩膀。

“天倾……”

鹿晓感觉到了一点儿疼痛，来自天倾的手，但是疼痛并没有超出她的承受范围。她咬牙坚持着，眼睁睁地看着天倾渐渐弯了睫毛，竟然露出一个笑容。

“鹿晓。”

天倾的手一松，指尖顺着鹿晓瘦削的肩膀下滑到腰际，冰凉的额头就这样顺势埋在鹿晓的肚子上，双手收拢，紧紧地拥住了鹿晓。

鹿晓一动也不敢动。

好久，她才抬起手，试探性地把手放到了天倾的发顶。

一瞬间指尖传来的柔软触感，美好得不真实。

“雨微。”鹿晓想了想，低声开口。

“嗯。”埋头在她怀里的少年含含糊糊地应了一声。

外间，郁清岭一直死死盯着内间发生的一切，确定天倾并没有失控，他的眉头依旧没有舒展。

“你早就猜到了？”他问黎千树。

黎千树道：“天倾的精神状况与之前不一样，听说这几天他在家一直穿男装，并且没有表现出很大的反抗性，也是基于这个原因，陆女士才会同意他提前回归曦光小学。”

“他有所改善？”

“理论上是有所改善，不过我更倾向于用‘放弃抵抗’来形容他现在的状态。”黎千树低声道，“于医生替他检查身体的时候，天倾表现出了明显的抗拒性。对于是否着女装，是否接受外界的干预，这些，他连装都懒得装了。”

“因为鹿晓……”

“是，因为鹿晓分辨出了他和雨微，所以他取消了伪装游戏，接纳了鹿晓。”

黎千树的目光悠悠地落在内间相处融洽的两个人身上。鹿晓一脸紧张懵懂，天倾趴在鹿晓的怀里，肩膀与腰自然下坠，身体是非常明显的放松状态。

鹿晓确实是一个存在感不多的女孩，长相没有锋芒，性格也有点儿平庸，却意外地自然，自然得能让那些神经紧绷的人感到舒适。黎千树悠悠地想，也难怪，郁清岭会对她一见钟情。

“你并不确定。”郁清岭盯着黎千树道。

“85%。”

郁清岭的眼里渐渐升腾起一层薄雾。

黎千树一愣，撇了撇嘴：“科学实验，原本就是猜测与实验。85%的把握已经很高了，不是吗？”

郁清岭皱起眉头，拒绝回答。

黎千树笑起来，笑着笑着，伸了个懒腰，朝天叹了一口气。

郁清岭不擅长掩饰，没有表情就是没有情绪，不高兴时，就是现在这副模样。因为他让鹿晓冒着被伤害的可能性去试探天倾，所以郁教授不满意了吗？

他自己做实验的时候可完全不是这个态度，还真是爱情使天才盲目啊！

“想进去就进去吧。”

黎千树的话音刚落，郁清岭已经一步踏进了内间。

于医生的目光一直尾随着郁清岭的背影，慈爱的光芒在他的眼里闪烁。

“他变了很多。”于医生回眸看黎千树，眼里盛满了欣喜，“鹿小姐入职 SGC 到现在也就半年吧？”

“是啊，就半年。”黎千树笑叹，“胳膊肘就已经拐成骨折了。”

内间。鹿晓正小心地把手机里的照片展示给天倾看。

“这些都是衣服的零件要素，如果遇到跟雨微衣裳相似的，就喊我停下来，好不好？”她一面说，一面打开手机相册，一页一页地匀速翻给天倾看。

天倾就跪坐在她身边，乌黑的眼睛注视着手机屏幕。

鹿晓的余光扫过天倾的脸，暗暗地惊奇——不得不说，他跟之前不一样了，笼罩在他身周的僵硬与敏感已经消散，取而代之的是无法言喻的平稳情绪，表情有点儿天真，周身没有一点儿戾气。

大概这就是雨微真正的模样。

他就像一个小孩子，已经全身心地投入到了漂亮图片里。

“啊……”天倾忽然张了张口，指尖戳中手机屏。他的指尖正对着一个蝴蝶结，粉红色的底，白色的系带，蝴蝶结的扣子是墨绿色的徽章。

鹿晓一怔，道：“有这个？”

天倾点点头。

鹿晓按下手机截屏键，把那张图重新保存进手机相册，然后重复翻页。

这些图片是昨天晚上蓝象工作室的初成品。小组成员连续工作了一礼拜，画出了相对简单的服装构成图，总共九十几套连衣裙款式，虽然是未完成的 Q 版效果图，没想到刚好今天就用上了。

不一会儿，天倾又认出了一个重复要素，兴奋得眼睛发亮，想要自己拿过手机来挑选。

“遇到喜欢的，就这样。”鹿晓给天倾示范截屏的方法。

“好。”天倾吃力地挤出了一个字。

这算是良性互动了吧？鹿晓心中一动，不敢把开心表露得太过明显，于是只能抿着嘴唇，不着痕迹地从床沿上站起身，退后一步，再一步。

一不小心，撞上了的身后一堵柔软的墙。

“郁教授？”他什么时候进来的？

郁清岭眉头微锁，看起来并不是很高兴。撞上她的目光，郁大教授勉强点了点头，伸出指尖摸了摸她的额头，拨开她凌乱的刘海。

这……大庭广众的……

“郁教授，能不能叫唐宋过来？”鹿晓干咳一声转移话题，做贼心虚地往外间看了一眼。

“唐宋？”

“是啊！”鹿晓望向天倾，“他们彼此对自己兴趣范围外的事物毫无兴趣，但是唐宋应该会喜欢画画，如果把要素组合起来……”

郁清岭一怔，表情变得严肃。

诚如鹿晓所言，自闭症患者生存在自己的世界里，在这个世界上没有任何普通人或者动物能像自闭症患者那样专注于自己的兴趣领域，关注自己身上的每一丝情绪与状态。

他们彼此之间也是犹如孤岛一般，就算有着相同的爱好，也未必有沟通的意愿。

可是如果有一个诱饵，促使他们不得不合作呢？

Chapter15 存在即合理

事实证明，鹿晓的猜测是正确的。

唐宋来到医务室，于医生花了十五分钟向唐宋解释他需要做的事，唐宋不为所动，拒绝合作。但是，当鹿晓把天倾选中的一张张图片以游戏的形式展示给唐宋看时，唐宋迷茫的眼睛里亮起了一点点光。

“天倾出题，给你部件，你把那些部件组合成成品衣服，好不好？”鹿晓趁机要求。

唐宋已经在床上摊开画纸，用铅笔一点点描摹起手机图片里的轮廓。天倾就守在他的身边，一动不动地注视着唐宋的动作，等唐宋画完，他就飞快地切换到下一张图，合作起来竟然非常和谐。

于医生看得啧啧称奇，疑惑道：“以前也试过把相同或者相似兴趣的孩子聚集在一起，但是并没有这样的效果。”

黎千树道：“就像 Wi-Fi 和手机，相连并不是必然，而是一个偶然事件。”

“那可真是羡慕鹿小姐的运气了。”于医生笑叹。

黎千树看着内间和睦的画面，笑叹：“是啊，她一直是个运气很好的人。”

只能说鹿晓真的很幸运，这个世界对她真的非常温和吧。

鹿晓没有听见黎千树与于医生的对话，她正激动地看着唐宋与天倾罕见地和平互动。

天倾和唐宋已经把服装手绘照片都浏览一空，相册自动翻到了之前的照片，两个人正一起趴在床上，头挨着头，睁着湿漉漉的眼睛盯着手机相册。

相册里的照片是天倾急诊那一天拍的，Z 大的同人漫展照片。鹿晓接触二次元不多，觉得十分新奇，所以忍不住接连拍了二十几张，挤满了那一天的相册。

照片里，漫画同好们穿着各式各样的COSPLAY（角色扮演）游走在漫展会场，精致的妆容和复杂的服饰搭配得当，十分抢眼。

天倾好奇地一张一张翻过，张了张口，却没有发出声音，脸上露出疑惑的神色。

“漫展。”唐宋低声道。

“漫……展？”天倾重复。

唐宋飞快地划过几个照片，最后指着其中一个道：“舰长。”

天倾的眼里闪过一丝光亮。

——这是他们两个第一次良性沟通！

鹿晓屏息看着这一切，激动地拉郁清岭的衣袖：“郁教授，你说能不能把黑白也加进来？可以让黑白把画面做成多层图层，或者是能随机选取的游戏雏形？”

郁清岭按住鹿晓的肩膀，安静地看着她。

她的眼里有着显而易见的兴奋，就像星星点点的火光，明媚得让人舒适。

鹿晓早就习惯了郁清岭慢半拍的脾气，她找天倾要回手机，翻开微信，找到黑白头像点进去：黑白！要不要来医务室玩啊？

黑白：不要。

鹿晓：天倾和唐宋都在，他们在画画，你可以帮他们做个简单的搭配游戏雏形吗？

黑白：不要。可以。

鹿晓：我觉得你会喜欢的！

黑白：不要。可以。不会。

万万没想到，今天的黑白对这个世界没兴趣……

“失败了。”鹿晓很沮丧，果然事情不会因为期望值高而开挂。

郁清岭却好像走了神，神情有些僵滞。

“郁教授？”

下一秒，郁清岭的指尖落到她的手机屏幕上，轻轻朝下划动了一下——上一次的聊天记录就这样大咧咧地露了出来：

鹿晓：**黑白，你想谈恋爱吗？**

郁清岭目光低垂，指尖停止了翻动。

你……听我解释……

查看完毕天倾的现状，郁清岭又对每一个参与曦光计划的孩子做了详细的问询作为年终评估。

鹿晓跟在郁清岭身后，把他所有的问询与孩子们的反应一一记录下来。她记得非常仔细，因为孩子们即将迎来七天的过年假期，在这七天里，他们的精神状态会因为环境的变化而受到干扰，而现在的记录很可能会成为至关重要的阶段性对比素材。

就这样，足足两个小时的问询，郁清岭常常屈膝跪在孩子们面前，遇到不易捕捉的要素时他会微微侧耳。

这是他专注的时候的一个习惯性小动作，明明长得很高大，意外有点儿可爱。

真的很像麋鹿啊！

鹿晓偷偷地想着，一不小心走了神。

等她回过神时，郁清岭已经站在她面前，从她手里捞过了实验册，替她把刚才的要素记录下来。

“啊……对不起！”鹿晓慌忙道歉。

撞上了郁清岭疑惑的目光，她忽然想起那一夜郁清岭的彷徨，于是又凌乱地附加解释：“我道歉是因为我走神了，没有重要的引申意义。”

本能道歉真的不是一个好习惯。

鹿晓丧气地扶额，以后要尽量减少让他产生疑惑的机会。

“鹿老师，鹿老师！”小朋友在扯鹿晓的裙子。

郁清岭又屈膝俯身，把黏在她周围的一圈小朋友的手一个个轻轻摘下来。

鹿晓站在原地，忽然有一种错觉，自己好像变成了郁清岭办公室阳台上那一盆绿萝，每天早晨都被他捧去洗洗叶子，浇点儿水，此时此刻，他正在调整她的每一片叶子。

“郁教授，您……”您到底在干什么……

“你的提议，我考虑好了。”郁清岭认真道。

“考虑……什么？”鹿晓不明所以，手腕上忽然触到一抹冰凉。

那是郁清岭的手，轻轻地顺着手腕滑落到她的指尖，握住了她的手。

郁清岭终于解决了所有的小爪子，重新站起身来：“工作时间内，让关系暂时回档这件事。”

“啊？”

郁清岭低声道：“我不同意。”

“为什么？”

“我不能，因为短时的无所适从而要求你配合我随意改变恋爱的形态，这对你是极其不尊重的。”

“郁……”

“任何的人类情感，并不是需要才存在，而是存在即合理。因为你已经在那里了，鹿晓。”

仿佛是无奈的呢喃，还有一点儿执拗的认真。

鹿晓呆站在原地，好久，才忍不住微笑起来。也许这并不是最浪漫的告白，可是她确实感觉到了灵魂忽然有了重量，一点点地坠落在一片安适的岛屿。

“那就交往吧。”鹿晓小声地在他耳边说，告诉他，也告诉自己。

那就交往吧！

半个小时后，面红耳赤的鹿晓，被郁清岭拉着手出现在黎千树和于医生面前。

“咯……”于医生一口咖啡呛在了喉咙里，狠捶了几下胸口仍然不能平复，最后一把握住了椅背，勉强保持风度，“你们……”

心理学专业人士黎千树脸上波澜不惊，只是眼里的光芒闪了闪，笑道："你们还真是能带给人惊……"他的视线一转，目光落在相握的手以及郁清岭无名指的戒指上，停顿几秒才悠悠接道，"喜啊！"

这个"喜"字显然是没什么诚意。

郁清岭听不懂社会人士用语的诸多复杂，他的脸上带着少见的愉悦，郑重其事地对黎千树点了点头。

"喀……"于医生终于缓过神，换上了往常的慈祥脸，"清岭，虽然我很高兴看到你的人生旅程能有新进展，不过……你的进程步调是不是快了点儿？你母亲他知不知……"

于医生今年五十五岁，算是看着郁清岭长大的，显然受到了不小的惊吓。

"不快了。"郁清岭认真道，"已经 153 天，根据调查，适婚男性与女性，最佳的婚恋周期为 332 天。我们的进程属于合理范围内。"

——可你们不是相亲啊！

于医生的风度快要维持不住，狼狈地又灌了一口水，笑得僵硬。

鹿晓从他的笑容里看到了好白菜被猪拱了的意味，十分不想承认自己就是那头猪。

于医生又灌了一口水，终于稳定下情绪。

他的目光扫到郁清岭指尖的戒指，忽然又笑了出来："鹿小姐，您放心，我不是有意见，只是……"

二十五年前，他刚刚从海外毕业回国，入职成为家庭医生。这是他第一次见到郁清岭，那时候他是个不说话的孩子。

原本以为是普通的自闭症，他的母亲几乎要绝望崩溃。可是随着年龄的增长，他竟然没有出现语言障碍，并且，他的学习能力一次又一次刷新所有人的认知极限。

他看着小男孩渐渐长大，沉浸于自己的世界，怪异，且被所有的同学排斥。

小男孩可以接连数月不说话，如同一颗孤独的行星，独自在天际运行着自己的轨道。

他原本以为小男孩的一生都将重复那个孤独的轨迹，即使鹿晓出现了，他也只是抱有一丝改变的期望，却没有想到变化来得如此彻底——这颗小行星竟然一夕之间有了自己的双子星。

气氛有些凝滞。

黎千树举着一次性的茶杯，对着于医生的保温杯碰了碰："比想象中容易很多，是吧？"

"是。"于医生叹息，语气复杂。

"因为本来就很简单。"黎千树轻笑，"那些我们觉得很困难的事，只是成年人的世故而已。"

"是啊。"于医生移开了视线，对着鹿晓笑了笑："抱歉，我只是……只是……觉得震惊。"

他的语气温和，满脸的皱纹都露出慈祥的形状，眼圈却是红的。

郁清岭脸上又堆积起稀薄的疑惑。

鹿晓轻轻钩了钩他的手心，给了他一个安抚的眼神。

她在于医生的眼神里读懂了感慨，虽然未必是完全解读，可是至少能够猜到一点点。

"请您放心。"鹿晓郑重地向于医生保证。

话刚出口，才感觉不对劲，为什么她像个穷小子上门向老丈人求娶白富美的人设啊？

"好，好……"于医生的眼圈又红了大半圈。

"好了，够了，老于，丢脸了啊！"黎千树憋笑，拍了拍于医生的肩膀，"快把这一副嫁女儿的表情收起来。"

Chapter16 过年啦

年前通勤日最后一天，鹿晓发现自己似乎拐到手一个媳妇。

这种感觉在曦光小学向于医生做保证的时候只有一点点，等到和郁清岭告别，看见他认认真真地隔着车窗挥手……喀——鹿晓在电梯里轻拍自己的脸，防止自己笑起来就像一个老巫婆，专门窥伺可口鲜嫩的小天使。

电梯门打开，鹿晓迎面就撞上了一个熟悉的身影。

商锦梨好整以暇，妖娆地站在门口，温文有礼地打招呼："哎呀，好巧。"

鹿晓面无表情地掏钥匙，一步跨进家门，心中只有一个念头：不论如何，不能被这个白骨精牵着鼻子走。

岂料商锦梨步步进逼，一把拽住了鹿晓的手腕，巧妙地扭了扭，直接把人按到客厅的沙发上。

"喂，商锦梨，你不是要去塞舌尔吗？"鹿晓挣扎。

"塞舌尔哪有八卦有趣？"商锦梨一把掐住鹿晓的脸，狠狠地捏了捏，"快说快说，时间不多。"

鹿晓艰难地从沙发上支起身,果然看见客厅放着一个硕大的拉杆箱。过年出国找个小岛待着是商锦梨的习惯，年年如此，看样子她是马上要去赶飞机了。

"小鹿啊小鹿，小鹿啊……"

"就是那样啊，好了，你可以出发了！"鹿晓面红耳赤地催促。

"那样是哪样？"商锦梨用指腹搓了搓鹿晓脸蛋上最红的那一块。

看见鹿晓的模样，商锦梨笑得前俯后仰，好不容易笑够了，她揉了揉眼睛，掏出沙发上的平板电脑滑动几下："喏，等你是因为这个。"

鹿晓接过来一看，"SGC 郁教授"的相关话题名次又上升不少，几乎快要到主页了。而之所以话题能不降反升，是因为她和郁清岭在

SGC 的工作照也被传到了微博上。

有个号称 SGC 内部员工的爆料博主配文："这个人啊，SGC 的关系户，明明是个文科生，甚至没毕业，却已经转正成了正式员工，不知道走了什么门路，还做了郁清岭的助手，有图为证……"

博主放出的图片中，有鹿晓穿着 SGC 的制服，抱着资料走路的；有她出现在食堂，端着餐盘排队的；还有在地下车库，她穿着常服跟在郁清岭身后，正准备上车的。

照片一出，网民瞬间激动。

"原本以为我是输在了衣着品位上，万万没想到我是输在了起跑线上。"

"近水楼台先得月啊，不知道是哪家的小姐看上了书生？"

"啊，幻灭，感觉男神跌落神坛了。"

"楼上幻灭的删超话啊！最烦你们这些叽叽歪歪的，整天幻灭幻灭，你是宇宙起源吗？"

鹿晓看得目瞪口呆，不知道应该用什么表情去面对沸沸扬扬的评论。虽然那些说得……也没错。她本来就是带着商锦梨介绍信进的 SGC，也本来就是文科生。

"嫌烦的话，我找公司帮你控制一下舆论，趁着我还没去塞舌尔。"

鹿晓想了想，笑着摇头："不用，我又不是陶可。"她不过是升斗小民，出动公关公司太夸张了……

"你不嫌烦就没问题，反正都是些无聊的话题，没有后续发酵，掀不起什么浪来。"

商锦梨伸了个懒腰，拽过拉杆箱："走了，年后见。"

"锦梨！"

"嗯？"

鹿晓不知道该说些什么，只是一时觉得有些憋闷。"你……你要不要留下来过年？"

商锦梨勾了勾嘴角，似笑非笑："你是想让我帮你看房子吧？你过年不是都要去秦寂家吗？"

"我……"鹿晓语结。没错，她虽然早几年就从秦寂家里搬了出来，可是逢年过节，总得回去和秦家人在一起。每当这时候，商锦梨就会找个遥远的地方去度假，年年如此。

"好了，才谈恋爱就伤春悲秋的。"商锦梨又折了回来，在口袋里摸出了个东西砸到鹿晓头上，"喏，新年礼物。"话毕，潇潇洒洒地关门离开。

鹿晓在沙发缝里挖出了那个东西，是一枚别致的胸针。

真应该发一个"殿堂级房客"荣誉勋章给商锦梨，鹿晓目送她的背影发愣。

托商锦梨新年礼物的福，鹿晓总算对"过年了"有了实质上的心理体验。她终于迟迟地想起了重要的事项——

明天不用去 SGC 了。

刚才的分别不是工作日的分别，而是七天年假分别。

她竟然把这件事给忘了！

怪不得郁清岭要在驾驶座上做挥挥手这种愚蠢的动作，他一定是记得明天开始就是七天假——新交往的情侣如何度过长假？他的攻略竟然没有教他怎么做吗？

鹿晓躺在沙发上发呆，思来想去，心绪难安，果断点开微信。

鹿晓：今天天倾问了我网购的方法。

郁清岭：嗯。

鹿晓：这是不是天倾开始主动融入社会的证明？

郁清岭：不算，不过复杂的社会程序锻炼是好事。

鹿晓：天倾会在网上买点儿什么呢？

郁清岭：不知道。

这个不会聊天的笨蛋。鹿晓深吸一口气，干脆单刀直入。

鹿晓：郁教授，七天假期你做什么？

郁清岭：回家。

对哦。

鹿晓顺手捶了捶脑袋，就算是郁清岭那种就差把“我是一座孤岛”做成一个标签贴在脑袋上的人，他也不可能凭空从石头缝里蹦出来。

这个世界上，大部分人还是有家人的啊！

鹿晓发了一会儿呆，去冰箱里找了速冻饺子，连拆四五包，每一个袋子里挑两个，放进微波炉里加热。

她是南方人，不过，其实也并没有人来纠正她过节应该吃饺子还是汤圆就是了。

生活尤其方便。

隔天，鹿晓收拾好简单的行李，给秦寂发信息：求顺风车。

半个小时之后，秦寂的车子驶进了鹿晓的小区，车慢悠悠停下，前排车窗缓缓摇下，露出一张清纯剔透的脸，随即飘出来的还有音响中淡淡的钢琴声。

“嗨，你好。”副驾驶座上的美女微笑着打招呼。

果然还是那熟悉的配方。

鹿晓朝美女笑了笑，熟门熟路地拉开后排，把行李箱拖了进去，车子悠悠往下沉了沉。

秦寂在驾驶座回头：“这么重？你把半个家也一起搬上车了吗？”

“年货啊！”鹿晓咧嘴道，“我给爷爷、叔叔、阿姨买了新年礼物。”

秦寂嫌弃道：“你还真是年年新花样。”

鹿晓想了想，乖乖回答：“给小魏阿姨找人做了件衣裳，给秦伯伯买了一套茶壶，主要是爷爷的重，我买了个根雕，就是之前他没抢到新品气得没吃饭那个许轩之大师的。”

秦寂瞠目结舌，半晌才憋出一句：“你神经病啊，大过年的搬个根雕回家？”

对，我有病。

鹿晓在心底流泪。买的时候没多想，搬的时候可真是重，不然也不会叫秦寂来接了……

秦寂一脸不可救药的表情踩下油门，车辆驶出小区，一路行驶一路嫌弃。

副驾驶上的美女一直安静地听着秦寂教训鹿晓，等到秦寂发泄够了，她才柔柔笑出声来：“你们兄妹俩感情真好，让人羡慕。”

鹿晓坐在后座上，看见美女圆圆的侧脸，心想这次秦寂口味换得可真新鲜，怎么忽然换成清纯佳人了？

“我最近有点儿溃疡。”秦寂吊儿郎当，忽然天外飞来一句。

清纯佳人一愣，小声道：“对不起啊，都怪我昨天晚上非要吃火锅。”

“噗……”因为溃疡，所以来点儿清淡的吗？鹿晓忍无可忍，狠狠掐了一把自己的大腿才止住笑。

即使是清纯佳人，也照旧是半山腰的会所下车。

佳人楚楚可怜，欲言又止，支支吾吾半天，最终只挤出一句：“你要快点儿回来。”

秦寂点点头，关上车窗，利落地把钢琴曲也关上了。他迅速点了一根烟，悠悠吐出一个烟圈，眉宇间的焦躁就宁静下来。

鹿晓看着他行云流水一样的动作，回头望了一眼还在守望的清纯佳人，不由得叹息。比起之前那个叫子墨的，这个清纯佳人看起来温婉可人，奈何运气不好，遇上了秦寂这个渣滓。

“你再骂我，我把你丢下去你信不信？”秦寂掐灭了烟，在后视镜里挑眉。

“我没骂你。”鹿晓争辩。

秦寂冷笑，一脚踩下油门，飞快地上了盘山公路。

结果，鹿晓在车上晕得七荤八素，下车时一阵阵干呕的感觉由胃里往上，在喉咙口蒸腾。

“到了。”秦寂倒是神清气爽，和颜悦色。

“晓晓来了啊,好几个月没回家了吧？”一进屋,秦寂妈妈迎了上来。

鹿晓有些难为情，连忙把手里的衣裳袋子交给秦寂妈妈：“小魏阿姨，新年快乐！”

秦寂妈妈接过袋子，叹息道：“你这孩子……”

鹿晓干笑：“我先回房间放下行李！”话未完，就飞奔上楼。

她知道秦寂妈妈想说什么：你这孩子，怎么就这么生分呢？

楼上的主卧显然刚刚被人打扫过，空气中还留着一点点清香。她把拉杆箱放在衣柜边上，打开衣柜，发现里面的睡衣与常服已经挂了半个柜子。

秦寂妈妈是个购物达人，每每出国看到合适的都会习惯性地替她也拿上一件，不知不觉，鹿晓的衣柜里积攒了不少新衣服。

阳光透过窗户，照出空气中细碎的粉尘，鹿晓站在衣柜前半天没有动。

“别发呆了，快下去吧，楼下节目开始了。”晚一些上楼的秦寂倚在她的门口，冷冷出声。

鹿晓猛然回过神，才慢吞吞地把箱子里的衣裳放进柜子里，然后在新衣裳里翻翻找找，挑出了一件最顺眼的，打算换上再下楼。

门口的秦寂看见她的动作，冷笑道：“算你还有点儿良心。”

鹿晓毫不留情地关上了房门。

等她下楼，主宅的活动已经准备妥当。

秦家人过两个年，元旦配合秦寂和秦寂父亲需求，过现代小年轻式跨年；每年的农历新年则雷打不动地在主宅过，全家老小聚集在一起包饺子。

鹿晓其实不爱吃饺子，不过对于包饺子却有着很大的热情。尤其是看着秦寂围着围裙，笨拙地用手捏着雪白的面团，嘴上也没有闲着，间歇性刀光剑影无差别攻击……这大概是鹿晓对年尾最初的印象。

鹿晓捏完一盘饺子，偷偷往成品堆里塞。

一不小心，饺子被秦寂截和。

“真奇怪，捏了十年不见长进，你以为偷偷塞进去就认不出来了？”

鹿晓道：“你可以跳过我的不吃。”

“你放心，我会的。”

鹿晓其实是个富有幻想主义的手残，对于饺子的追求从来就没有止步在盘条理顺的规则形状，那一盘失败品当然眼不见为净，十五分钟后，她又创作出了银杏叶主题饺子。

这一次饺子的形状比较规整了，鹿晓很是满意，于是拿手机上下左右挑了挑角度，拍下饺子最完美的状态，发给郁清岭。

郁清岭罕见地没有立刻回复。

鹿晓等了几分钟，又把密密麻麻的饺子成品堆拍了下来，发给了郁清岭。

郁清岭依旧没有回复。

鹿晓：？

依旧没有一丝回应。

鹿晓感觉包饺子的热情都减少了三成，洗了手，继续心不在焉地包。

这种心不在焉的状态，一直持续到年夜饭。

鹿晓胃口不大，不过倒是拍了很多照片。

秦爷爷年轻时曾南漂到香港，做了两年厨房学徒，粤菜做得有板有眼，一道道菜端上桌，色香味俱全。鹿晓给一桌菜来了一张全家福，咬着勺子边吃边修图，美图调光加滤镜一气呵成，然后——又发给了郁清岭。

虽然他还没回。

鹿晓沮丧地想，听说有些人有假期失联综合征，郁清岭该不会也有吧？他的有问必答强迫症痊愈了吗？

“听说，协科最近资金链吃紧？”餐桌上，秦父放下筷子，不咸不淡地丢出一句。

鹿晓悄悄抬眼：虽然每一次的聚餐都是刀光剑影结局，不过今天这阵仗也来得太早了吧？不是应该吃饱喝足才开始找碴吗？

“嗯。”秦寂懒洋洋答道，也没有动筷子。

秦父淡道：“具体讲讲？”

“MG 项目第一批人体实验者去参加了一个健身比赛，结果被国际赛委会盯上了，他们对比赛公平性有所争议，引起股价下跌。”秦寂犹豫几秒，淡然道，“也没什么大不了的。”

鹿晓一愣，屏住了呼吸。

如果真的没有什么大不了，秦寂此时此刻应该是回答“你们老头子就少管”，然后餐桌上三代人互射膝盖，而不是像现在这样认认真真地向秦父解释清楚了事情原委。

协科是出什么事情了吗？

之前的基因方法改良肌肉的项目引发了争议性黑料，导致股价大跌？

秦父斟酌了几秒钟，显然是经过了认真思索，末了，从鼻腔里挤出了一点儿短促的气息。“冒进总要有代价，三十岁时遭遇危机远比五十岁时遭遇要幸运。”

“已经找了公关公司。”秦寂低声道。

“宜疏不宜堵。”秦爷爷替自己斟了一杯酒，酒倒到杯中就收了手，抬眼看秦寂，“走到刀刃上的时候，要七分钱办三分事。”

“嗯，我知道。”秦寂懒散地答。

餐桌上的气氛意外地凝滞起来。

鹿晓本来闷头给自己夹了只虾，刚刚剥好，可是现在的氛围吃也不是，不吃也不是，只好偷偷地把虾放到了蘸料碟里。

结果一不留神，秦寂的筷子横刀直入，半道截和。

秦寂愉悦地咀嚼他人的劳动成果，还顺带落井下石：“爷爷，装着讲大道理偷偷给自己斟酒是不是有点儿阴险？昨天医生好像刚来过？”

秦爷爷脸一红，梗着脖子开口：“不听老人言的浑小子，果然创业板都待不住了吧？”

果然又开始了！

鹿晓无奈低头，等待了几秒，果不其然，秦寂妈妈温柔的声音响起来：“晓晓，新衣服还合身吗？”

鹿晓配合点头：“合身的，谢谢小魏阿姨！”其实有点儿紧，这半年来她吃胖了不少……

秦寂妈妈叹息：“你这孩子，吃饭就知道抱着手机，是找男朋友了吗？”

秦家男人还在吵吵嚷嚷，恰逢刀光剑雨的缝隙里，安静了两秒钟。

鹿晓并不打算隐瞒，于是老实回答：“嗯，是的……”

于是机缘巧合，整个客厅只剩下了鹿晓的声音。

嗯，是的。

餐桌上毫无声息，大概是因为这个消息比协科资金紧张还要爆炸吧？

鹿晓觉得每一个毛孔都在冒冷汗。

“吃饭。”僵局中，秦父首先回过神，淡然道。

“嗯，吃饭。”秦寂看了一眼鹿晓，悠悠答。

“倒酒。”秦老爷子说。

鹿晓有一种要消化不良的预感。

Chapter17 年年岁岁

年夜饭之后的例行项目是守岁。

秦家的守岁节目是台球，为此在主宅的地下室特地开辟了一个台球室，每年也就阖家团圆的时候开一两次。

鹿晓照例去厨房沏茶，秦寂妈妈慢慢游走到她身旁，几次欲言又止。

鹿晓感觉自己的脊背快要灼出一个洞了。

“晓晓。”终于，秦寂妈妈温柔的声音响起。

“他是我的上司。”鹿晓丢盔弃甲，小声招供，“SGC 研究所的教授，我们……年前才开始交往。”

秦寂妈妈大概没有想到如此顺利，愣愣地看着鹿晓泡茶的动作，好久才叹息道：“晓晓，阿姨祝福你，不过其实阿姨也挺遗憾。”

鹿晓泡茶的手势停滞了一秒。她知道秦寂妈妈的意思，其实这些年来，秦家每个人都希望她能以真正的法律意义上的家人的身份留在秦家，可是……只能说天不遂人愿，缘分从来都难求吧。

迷蒙间，新茶出炉。

鹿晓找了个食案端上，回头看见神情落寞的秦寂妈妈：“小魏阿姨，你说得好像我马上要被你们扫地出门一样……”她想了想，瘪嘴笑，“走之前能不能把您给我买的衣服打包带走呀？”

秦寂妈妈一愣，眼里涌起嗔怪：“胡闹！”

鹿晓吐吐舌头。

吃完晚餐，门铃声响起来，早就约好的摄像师笑呵呵地进了客厅，举着相机道：“准备好了吗？”

每年一张合影，这又是秦家雷打不动的习惯。秦老爷子坐中间，秦寂和鹿晓各坐两边挽住老爷子的手，秦父秦母笑吟吟地站在老爷子身后，全家人一起望向镜头。

“准备，1，2，3！”

闪光灯亮起。

鹿晓盯着外头光华夺目的景色，忽然发现自己记不得这是第几次和秦家人合影。

十数年如一日，所有的时间仿佛被抽空。

恍惚间，所有人都在说“新年快乐”，只有秦寂戳了戳她的太阳穴，道：“休息去吧。”

鹿晓确实累了。她其实并不是个容易放松的人，即使是在秦家主宅，这个她住了许多年的地方。

屋子里的地暖有些闷热，她躺在床上辗转反侧，一次次看手机，还是没有看到郁清岭的回复，于是非常自然地——失眠了。

外头的焰火照亮了半个天空。

鹿晓纠结好久，干脆找了件羽绒衣披上，推开阳台门。没想到，在隔壁阳台遇见了意料之外的阶级兄弟——秦寂。

鹿晓的房间和他房间平行，两个阳台间刚好隔着差不多一米的距离。此时此刻，秦寂倚在阳台上，正仰头看着满天的焰火，身影看起来竟有几分忧郁。

“你也睡不着？”鹿晓纠结了一会儿，开口打招呼。

秦寂转过身，愣了一下，低笑道：“看焰火。”

“哦。”

鹿晓不知道该接什么。

余光里的秦寂，只有一个瘦削的身影，不知不觉间已经不是她记忆中的少年模样。她还记得当年秦寂每每被罚锁在自己房间里，一到半夜，他就会偷偷跨过那一米的阳台爬到她的房间里，再偷偷从她的房间里溜出家去。那时候她常常吓得魂飞魄散，四肢麻木地站在阳台上喊“小心啊”。

秦寂倒是一次都没掉下去过，可怜童年的她快要被吓死了。

“我过去？”秦寂摩拳擦掌。

“喂！你还来——”鹿晓慌了，习惯性退后了几步。

秦寂在那边又把脚缩了回去，低笑出声：“吓唬你而已。”

秦寂靠着栏杆叹息：“骨头会断的。”

“你知道就好。”

鹿晓心有余悸，秦寂却只在原地，仰头望着天空。

鹿晓趴在另一头，看着他的影子在月光下被剪成薄薄一片。

“郁清岭？”寂静中，秦寂带着笑意的声音。

“嗯。”

“第二期的投资减半。”秦寂冷笑，“拿我家的钱，还挖我家的草。”

“喂……”

鹿晓在阳台发了一会儿呆，一阵凉风吹过，她忍不住打了个寒战，赶紧回房。

屋子里温暖如旧，手机躺在床上亮起淡淡的荧光。

会是他吗？鹿晓一时间心跳漏了一拍，三两步跳上床，抓住手机深深吸一口气，手机屏幕上是一条新到的微信提醒。

郁清岭：刚下飞机，抵达洛杉矶。

郁清岭：三天后回国。

郁清岭：你，睡了吗？

接连三条短信，只隔着短短几秒钟，简短而又清晰。

鹿晓望着手机屏上的文字，感觉郁结在心里一整天的那点儿焦躁，顷刻间消散得无影无踪。

不过她也不着急回复，因为对面的郁清岭显示“正在输入”，大概还有话想说？她抱着手机在床上伸了个懒腰，又闭上眼睛默数外头炸响的烟花。

从 1 数到 10，又从 10 数到 1。

估算着时间差不多，才睁开眼睛，又按亮手机屏。果然，微信多了一条新信息。

郁清岭：饺子很可爱，年夜饭也很丰盛。你睡着了吗？

鹿晓：没有啊。

鹿晓憋着笑敲击回复。

忽然，页面上显示出一条20秒的语音信息。

鹿晓的心跟着抖了抖，她严重怀疑郁清岭是不是不小心挤到了语音键，要知道他可是连个表情都不会发的老古板，能用微信联系已经紧跟时代潮流了！

鹿晓咽了一口口水，郑重其事地戳开那条语音。

郁清岭：“洛杉矶的天气很好，不过飞机餐并不好吃。看到你发的图片，我打算等下去找一家中餐馆。”

寂静的夜里，郁清岭的声音带着一点儿沙哑。

鹿晓来来回回听了两遍，本来想打字，打了几句话，又一点点删除。她按下语音键，压低声音回复：“这还是你第一次给我发语音信息，我一直怀疑你不会发语音呢。”

郁清岭那边显示“正在输入”，大概是在打字。过了好久，微信页面上却显示出一条稍微长一点的语音。

郁清岭：“我知道发语音的方法，只是感觉不太习惯对着手机，虚拟它是一个能够通过声音交谈的对象……其实现在，还是有一点儿奇怪。”

噗……

鹿晓忍俊不禁，配合他打字：那我们就用文字吧，没有关系的，我不介意。

郁清岭：“和别人打字，和你语音，这是我愿意去尝试并且建立的新习惯。”

有些执拗的声音。

郁清岭：“我们应该比普通人更加亲近的，鹿晓。”

寂静的月光透过阳台洒在地板上。

鹿晓感觉到身体内的情绪渐渐舒展开来，才发现原来今天一天的焦虑竟然只是因为与他失联的不安——其实也并没有多少不安，不是吗？

毕竟他是那么努力地在建立联系，就像一只孤独的刺猬露出柔软的肚皮。

鹿晓：“你什么时候回国呀？”

郁清岭：“初五。”

初五啊。

鹿晓抱着手机又打了个滚。

为什么假期那么长？

第五章

一场祸事

Chapter18 角色扮演

清晨，鹿晓在柜子里找了一件新衣裳，穿戴整齐，才轻轻地踏着木质的楼梯下楼。

客厅没有开灯，昏暗而又安静。鹿晓在客厅绕了一圈，拐道进了厨房，看见厨房有光亮，一个身影在里面忙忙碌碌，原来是张妈正在快活地准备早餐。

“啊，你们怎么都起这么早？”张妈的眼里是赤裸裸的嫌弃。

张妈是个典型的完美主义者，关于早餐最大的追求就是东家清晨下楼，她刚刚煎完最后一颗鸡蛋，优雅地道一声“早安”，显然今天她砸场子了。

鹿晓咧开嘴：“那我再回去睡一觉？您装作没见过我？”

张妈哈哈大笑：“不用不用，秦太太在花园，晓晓你去陪一会儿吧。”

“好。”鹿晓笑道。

鹿晓给自己倒了一杯水，抱着水杯打开了厨房的侧门。

侧门连接着的花田，那是秦寂妈妈的私人领域，花田里种满了林林总总的植物，一年四季每个时节，都有不同的花朵绽放。

鹿晓顺着花园的小径慢慢走，拐了两次弯，果然看见了秦寂妈妈的身影。

“小……”鹿晓看见她站起身，顺势敲了敲自己的脊背，很是疲乏的模样。

一瞬间，鹿晓眼前的画面和脑海里的记忆重叠。

许多年前，她刚到秦家时，也常常到花田里看秦寂妈妈料理这一片花花草草，那时候她美丽优雅，如同油画里走出的女神，而现在，她依旧端庄，却也因为岁月，难免露出了一点儿苍老的姿态。

算一算，时间真的过去很久了。

秦寂说她是个白眼狼，其实也不算说错。

"晓晓？"秦寂妈妈偶然回身，发现了鹿晓的身影，"你站在那里多久了？怎么起这么早？"

"想来看看您。"鹿晓笑道，"趁着秦寂他们不在。"

只要秦寂在场，这个家永远不会和乐安宁，这是铁一样的定律。

秦妈妈的眼角已经有了一道道沟壑，笑起来的时候露出一点儿和蔼。她看着鹿晓，把手里的剪刀搁在草地上，道："算你还有点儿良心，知道主动来坦白情况。"

鹿晓不明所以，看见秦妈妈的脸色，好久才反应过来。

所谓的"情况"，当然是指昨天的深水炸弹——她有男朋友这件事。

鹿晓感觉身体发热，她低下头，犹豫了一会儿，低声道："他是SGC的一个基因工程学教授，叫郁清岭，比我大五岁，是一个很温柔的人。"

秦妈妈久久没有回复，眼睛里噙着一丝愕然。她其实没有想过，那个她从小认识的女孩子，就站在她几步开外的地方，看起来一副想要逃跑的样子，却没有逃跑。

"晓晓……"秦妈妈欲言又止。

鹿晓清楚地看到她脸上的犹豫与谨慎，脑海里越发回荡起秦寂昨夜的话，于是越发自责。

鬼使神差地，她想起了郁清岭的"人类社会法则"，人与人之间的交往过程中，隐私的分享能够最大程度带给对方安全感。

于是她小心地靠近几步，主动挽起了秦妈妈的胳膊，努力让自己的动作看起来像一个依赖母亲的女孩。

"小魏阿姨，您还有什么想知道的，都可以问。其实我也不知道怎么介绍比较好，秦寂说要带回来看看，但是感觉还是有些不好意思，我们才刚刚交往。"鹿晓小声说，"等再过些时候，我就带他回家，让你跟叔叔过目。不过我没有交往经验，所以小魏阿姨，以后我遇到感情问题的时候，能不能在晚上打电话给您呀？"

鹿晓挽着秦寂妈妈的手，引着她走过花园的小径，忽然间听见了一点细碎的呼吸。

等她再回头看时，发现秦寂妈妈的眼里已经闪着泪光了。

“不论白天晚上都可以。”秦寂妈妈移开视线，遮去眼里的盈盈光芒。过了一会儿，她回过头时，露出了温和端庄的笑容，“晓晓，阿姨很高兴。”

鹿晓忽然有些鼻酸，偷偷地眨了眨眼睛，把眼泪憋了回去。她忍不住去想，这些年来，对秦家人来说，她是不是也一直独居在一颗小星球上呢？

早餐过后，鹿晓的电话忽然响起来，这还是春节假期以来她接到的第一个工作电话。

打电话的人是林简，声音很兴奋：“鹿老板！你上网了吗？你上微博了吗？”林简在电话那头大呼小叫。

鹿晓刚刚午睡转醒，花了好一会儿才勉强清醒：“网上怎么了？”

“我在 J 市漫展！昨天漫展区出现了个轰动型的人物，颜值秒杀！然后被放上网了，我看那个人长得有点儿像你家的小孩儿。”

“啊？”鹿晓猛然清醒，从床上惊坐起身。

“就是那个天……天什么来着？你为了他向我们定制游戏的那个。”

“天倾？”

“对！就是他，现在网上全是他的照片！”

“啊？”

网络的威力，鹿晓是领略过的。就在几天之前她还是微博上热议的人物，也因为这件事在 SGC 大楼里成了人人围观的熊猫。如果真的是天倾……

鹿晓把笔记本拖到床上，匆忙开机登上 QQ。

QQ 上，林简的头像反复跳跃着，三张高清照片出现在对话框里。

照片的主角是一个穿着黑色蕾丝裙的少女。少女的耳朵被一个三角形的白色盒子覆盖，头上扎着女仆的蕾丝束发，一头金色的长发如瀑布般倾泻而下，散漫地垂挂到脚踝。

三张照片都是T台照，分别从背后、侧面以及正面三个角度对少女进行了360°的拍摄，背景板是无数围观群众和摄影师，最靠近画面的摄影师已经端着照相机躺到了地上。

鹿晓把照片放大了数倍，仔细观察了半天，终于确定了——竟然真的是天倾！

“还有一个人。”林简又往对话框里发了一张照片，“好像是一起的。”

画面中的少女已经走下了T台，一个少年正拉着她的手挤开重重围观人群。

那是——唐宋？

鹿晓的脑海中飞快地浮现假期前他们俩挤在一起神神秘秘的模样，难道那个时候他们就在策划着这一出了？J市距离H市有好几个小时的路程，他们俩怎么过去的？有人陪同吗？

鹿晓心乱如麻，完全看不进去林简兴奋的信息。她开始翻阅手机，先是找出于医生的电话号码，电话响过几轮之后却没有人接听，情急之下，她登录了SGC的邮箱，把很久之前曦光计划的知情书给翻了出来。知情书的末尾写着每一位家长的联系方式。

不能找天倾的妈妈。

鹿晓往下翻阅，找到了唐宋的妈妈的联系方式，深吸一口气，拨通电话。

电话响过几声就被接通，那边一片嘈杂。

“喂，李女士吗？”鹿晓小心问。

“您好，请问您是？”

鹿晓侧过身去看林简的对话框：“我是SGC研究所郁清岭教授的助理，我叫鹿晓，我们见过面的。”

“啊，您好您好，稍等，我去安静的地方接电话，这里太吵了。”

“好。”

话筒里响起急促的脚步声，渐渐地，喧嚣远去。

李女士清晰的声音在电话那头响起：“您好鹿老师，请问您有什么事吗？”

鹿晓绷直了身体，脑海里飞快转过无数说辞，最终斟酌再三问：“抱歉假期打扰，我有朋友在J市看到了唐宋和我们曦光计划的一个孩子，我有些不放心，想向您确认下，您是否知情？”

“知情啊。”电话那端说。

“知情啊……对不起是我太过敏感了。”

“谢谢你，鹿老师。”李女士笑起来，“假期时间，唐宋和天倾喜欢动漫，我就带他们来逛一逛，等漫展结束我们就会回去。”

“天倾妈妈知道吗？”鹿晓小心地问。

“陆女士知道的，天倾要到我家做客。”

鹿晓在床上跪坐着，瘫软下来：“哦，打扰了，新年快乐啊……”

“新年快乐！”

真是……虚惊一场。

鹿晓感觉自己的心脏被揪了一把，又倏地松开，晃晃悠悠，有点儿晕。于是在床上躺了一小会儿，才爬起来回复林简：“是他们。”

林简：“这么可爱果然是男孩子！”

鹿晓无语。

鹿晓打开微信，犹豫着要不要把这件事情告诉郁清岭，顺手点进了朋友圈。

朋友圈里第一则信息是之前Z大漫展那个卖画的女孩。她发了一张热情洋溢的照片，配文“啊啊啊J市漫展，捕获一只超级美的男孩子！”。

鹿晓点开照片，顿时一僵。

世界可真小。

照片里，女孩穿着猫耳服，举着魔法棒外形的自拍杆，身边站着的赫然是天倾。

天倾大概很紧张，白皙的皮肤已经憋出了淡淡的红晕，柔顺的金色发丝就贴在脸颊边，散漫地垂挂过肩头，确实美得不像真人。

可惜这样的美，却得不到祝福。

陆女士知道天倾去了唐宋家，应该不会知道天倾穿着女装在外面抛头露面吧？

到底要不要告诉郁清岭呢？理论上来说，陆女士应该有知情权吗？

鹿晓纠结得翻来覆去。

笔记本上林简的 QQ 一直闪烁："他好像参加了角色扮演大赛啊，按照初赛的势头，说不定后天决赛能得第一呢。"

参加……比赛吗？

鹿晓盯着照片发呆。照片里的天倾虽然脸色有些慌张，眼睛里却闪动着隐隐的兴奋，就好像灵魂被点燃了一样。

鹿晓趴在床上，最终关闭了微信。

——只是两天时间而已，干脆将错就错，再等一等吧。

Chapter19 祸起萧墙

鹿晓在林简的指导下安装了一款软件，专门用来看动漫类的直播。

她花了半个小时才找到林简指定的博主，然后又用十分钟设置了开播自动提醒。设置完毕，软件自动跳出一条通知：亲爱的SAMA，您一定不要忘了来看哟。

一个可爱的小人偶在页面右下角摇头摆脑。

鹿晓忍俊不禁，忍不住又戳了戳其他栏目。她对这一切都感到陌生，其实她是一个不追动漫、不追星，这些年来一直跟着文学原理研究方向的教授导师清修的人。

QQ上，林简说："然后你等着就可以啦，决赛在下午一点整，你找个有Wi-Fi的地方点开软件就好啦。"

"好，谢谢。"

"谢什么啊，为您服务是我们的荣幸，鹿老板千秋万载，一统江湖！"林简发了个美少女的表情。

"你是谁？"这好像不是林简的作风？

"组长去逛展了，我是瓶子！"又是美少女表情。

鹿晓在脑海里勾勒出一米八的瓶子趴在漫展的展位上，发美少女表情的样子，顿时觉得全身的汗毛都竖起来了。

过了不久，软件上跳出提醒。

亲爱的SAMA，您预订的节目开播了哦！

鹿晓戳了戳通知，手机屏进入全屏页面。

画面里，一个顶着兔耳朵的女主播举着手机，对着镜头露出可爱的笑容："亲爱的们久等了！决赛已经开始了哦！我知道你们对前面的选手兴趣不大，所以刚才就干脆没直播，放心，你们最关注的那位，还在后台呢。"

"超多人的呢，哇，观众席上连应援灯牌都有了，才两天而已，你们这帮人也太迅雷不及掩耳之势了吧！”

兔耳朵妹子把镜头往观众席扫去，第一排手里举着发光展板的观众就暴露在镜头下。

鹿晓在镜头前目瞪口呆，愣了几秒钟，由衷地舒了口气。

兔耳朵女生的位置是赛场里的第一排特等座，透过她的镜头可以看见毫无遮挡的整个赛场 T 台。前面选手的参赛形式是十几个不同的角色扮演者配合着演了一出舞台剧，前一拨人表演完毕走进帷幕，主持人做了简单的总结之后，兴奋地宣布：“接下来，让我们欢迎我们的黑马——天倾！”兔耳朵女生的直播镜头对准了赛场。

只见场上的黑色帷幕渐渐垂下，遮盖住了前一组的复杂道具，整个场上的灯光也随之暗淡下来。在一片寂静中，一个瘦削的身影缓缓地一步一步走了出来。

那是面无表情的天倾。

天倾的扮相跟两天前相差无几，只不过繁复的白色裙子换成了黑色，裙子没到膝盖，一只腿上画满繁复的机械齿轮图案，另一条腿则白皙无瑕。机械的三角耳朵稍做了一些改动，从耳朵里拖出很多条电线，足足有两三米长，如同新娘的头纱一样洋洋洒洒地垂挂在他的身后。

他是在表演一个机械人吗？

鹿晓屏住呼吸看着舞台上的天倾，不得不说，天倾的扮相真的很惊艳。

虽然他只是这样静静地走过舞台，没有过多的肢体表演，甚至没有过多的表情，脸上还有一丝他惯有的迷茫。但是在舞台和灯光下，这一切都异常和谐，完美得就像是天然契合的华丽表演。

“有生之年系列！”兔耳主播压抑着呼吸尖叫。

直播屏幕下面的评论也在疯狂刷屏。

鹿晓这才发现原来这样一个普通的直播间，竟然聚集了将近三十万人，忽然爆发的评论潮流把她的手机信号挤得断断续续的。

粉丝的热情好大啊，离休干部生活模式的鹿老师心想。

他们正疯狂地赞美着天倾，根本就没有人在意天倾身为男孩，却穿着女装这件事，可能这个社会最大的善意大概就是这样吧，如果平常人也有这样的包容度就好了。

鹿晓抱着手机想入非非，就在她走神的这一秒，变故突生。

观众席忽然嘈杂起来，一个身影飞快地穿过层层人群向舞台逼近，说时迟那时快，舞台下的保安从四面八方冲上前去，拦截住了那个身影！

音乐还在继续，骚乱的声音却已经遮盖不住。

“放开我！”女人的尖叫声通过直播平台清晰地传来。

鹿晓一愣，不安的情绪瞬间遍布全身上下每一个毛孔。她定睛望向那一堆凌乱的身影，赫然发现强行要冲上舞台的……

“我是他妈妈！”女人的尖叫声传来，“陆天倾！你给我下来！我命令你马上给我下来！”

舞台上的天倾全身一怔，忽然眼里迸发出惊恐，抱头蹲坐在地上。

音乐声戛然而止。

保安们面面相觑，一时间茫然无措。J市举办漫展已经十几年，场子里发生过学生打架斗殴不算少数，却从来没有出现过这样的局面，家长强行要上台阻拦演出？

就在保安松弛警戒的一瞬间，陆女士强行推搡开人群，一步踏上台，死命拉扯起原地不动的天倾，手一挥，一巴掌扇在了天倾的脸上！

“你，变态！”她尖叫。

此时此刻，场上场下寂静一片。陆女士的一句“变态”透过台上的音响，被放大传送到了每一个角落里。

天倾受了不小的惊吓，脸色惨白，被掌掴的脸上迅速泛起红印。

然而陆女士显然还不知足，她盯着天倾的脸，胸口剧烈地起伏，忽然一咬牙伸手触碰到天倾的假发，把假发狠命地往下拉扯！

“啊——”场下的观众忍不住尖叫。

为了防止临时出状况，很多选手的假发是用小夹子跟真发夹在一起的，狠得下心的还会用可溶的胶水，这样生拉硬拽，很难想象会有多痛。

众目睽睽之下，假发终于被拽了下来，露出了他原本的黑色短发。

“你跟我回去！”陆女士用力拉扯他。

这一次天倾无论如何都不肯动了，他痛苦地缩成一团，蹲在舞台上不起来。

“这位同学，你没事吧？”

终于，台上的主持人反应过来，匆忙跑上前去搀扶天倾，却被陆女士一把推开。

陆女士强行拖拽天倾，一边推搡，一边咬牙切齿地说着：“陆天倾！你还想让我在这里陪你丢人现眼多久？”她拖拽不成，忽然红了眼睛，扬起手又是一记掌掴——

场上一片混乱。

“这位同学……”

“走开！”

主持人试图安抚天倾，不料，她刚刚靠近，就被天倾推下了舞台。

场面已经彻底失控。

整个漫展的安保人员都赶到了舞台上，把天倾团团围住。

天倾如同一只困兽，疯狂地挥舞着手上的隔离桩，最后被一堆保安强行按倒在舞台上。

直播频道的信号戛然而止。

鹿晓呆坐在床上，大口大口喘气，逼着自己镇定了几分钟后开始收拾行李，越收拾心越乱，指尖抑制不住地发抖。

上一次，天倾和陆女士冲突，结果是天倾进了急诊，幸亏于医生和郁清岭及时赶到，阻止事件恶化。而现在是假期，他们还远在J市，天知道天倾会变成什么样子！

十分钟后，她拖着行李箱跑出房间，在楼梯上就失声喊道：“秦寂！”

她不会开车，走不了多远，这种情况下秦寂不在她根本来不及赶过去。

楼下静悄悄一片，没有人回应，秦寂不在。

鹿晓已经管不了那么多了，她笨拙地抱起沉重的行李箱一步一步迈下楼梯，刚刚到下面，却被秦家老爷子拦住去路。

“晓晓，发生什么事了？”秦老爷子问。

鹿晓急得全身是汗，语无伦次：“SGC……曦光计划的一个孩子，在J市发生了意外……那个孩子的精神状态不好，我想去看他，我……”

“秦寂不在。”秦老爷子道，“他早晨出门了。”

“那我去山下坐公交车！”

现在才下午，山下的公交车可以通向市区。再在市区打个车，直接到J市的中心医院的话……

鹿晓的脑海无数个思绪飞快转动，身体已经跳过思维拖着拉杆箱往外跑，没跑出几步，拉杆箱被秦老爷子一把拽住了。

“别慌！”秦老爷子死死抓着拉杆箱，“冲动易闯祸，我不答应你这样走，除非你把事情原委告诉我。”

秦老爷子拖着拉杆箱往客厅中心的沙发区走。

鹿晓只觉得全身的毛都快要奓开了，可是抬头撞上秦老爷子深沉的目光，她没敢发作，哆嗦着跟在秦老爷子身后回到了客厅里，坐到沙发上。

“说。”秦老爷子坐在沙发的另一端说道。

鹿晓的呼吸还有些不畅通，她深吸一口气，整理了一下思绪，尽量言简意赅地向老爷子概述：“我在SGC的研究所工作，参与秦寂的公司投资的一个基因项目，叫曦光计划。这个项目第一批实验者中包含一个有人格分裂症状的男孩叫天倾……天倾他其中一个人格认为自己是个女孩子，所以日常喜欢穿女装，他的母亲……”

鹿晓尽量言简意赅地把天倾的故事讲给秦老爷子听。

老爷子静坐在沙发上，沟壑纵横的脸上几乎看不到目光。

鹿晓大口喘气："爷爷，这不仅关系天倾这个孩子，还关系到秦寂投资的曦光计划成败，不论哪一个我都很关心，所以我必须马上赶过去……"

"再等一等。"秦老爷子沉吟道。

"爷爷！"

"你必须等。"秦老爷子道，"越是急事，越不宜急办，从这里到J市至少三个小时，你赶去活动场所并没有意义。而且你并不确定他会在哪个医院，甚至不确定他会不会在医院，不是吗？"

"可我总不能就在家里等消息……"

"三个小时的距离，你已经做不到先发了，晓晓。"秦老爷子缓缓道，"只要不是性命攸关的事件，就应该谋定而后动，而不是像没头苍蝇一样扑上去。"

鹿晓被收缴了行李箱，和秦老爷子僵持了一会儿，渐渐冷静下来。

其实老爷子说得没错，她连天倾是不是在J市医院都不知道。可是明明知道发生了什么事，却束手无策，这样的感觉实在是……

"那我能做什么？"她问秦老爷子。

秦老爷子的脸色终于缓和。他说："等。"

"等什么？"

"没有事件是孤立存在的，拦不住，就暂且等事件开始发展，再去寻解决之道。"

等事件发展？

鹿晓呆愣在原地，僵持了好久，握着行李箱的手终于松开了。

Chapter20 发酵反应

等待的时间注定是煎熬的。

鹿晓缩在沙发里，用手机搜索关于J市漫展的关键词。微博上的信息已经炸了，可是大家的渠道加起来也就那么一点点，说来说去，都不过是“主持人已经被送去医院”“天倾跟母亲一起上了车，不知道是去警察局还是医院了”，除此之外，什么都没有。

她试图联系林简，但是林简的QQ头像已经熄灭，拨打电话也被提示对方已经关机。

是手机没电了吗？

鹿晓不确定，她只知道自己在等一个不知名的发展，等得快要把自己的头发给揪光了。

就这样，三个小时眨眼而过。

鹿晓的手机铃声忽然响起。她一把抓过手机，发现联系人不是她想象中的任何一个人，而是秦寂。

“喂……”鹿晓气息奄奄。

“鹿晓，”秦寂的声音难得正经，“你现在还在家里吗？”

“在。”

电话那头秦寂说：“半个小时后，会有司机到家里接你到协科大楼，你准备一下。”

协科？鹿晓坐直了身体：“出什么事了吗？”秦寂的口吻让她不安，她试探着问，“是不是……天倾的事？”

电话那头沉寂片刻，道：“是。”

鹿晓握着电话的手垂下来，许久没有动弹。

这就是老爷子说的发展吗？

没过多久，黑色的车子就悄无声息地开进了秦家的庭院。一个身穿西装的年轻男人从驾驶座上下了车，步伐急促地走进主宅。

“请问是鹿小姐吗？”西装男朝着鹿晓发问，见鹿晓点头，“我是秦先生的助理，我叫毓见，来接您去协科。”

“好。”鹿晓拖着行李箱加快了脚步，径直走向车子，坐了进去。她也很急，想要尽快弄清楚现在的局面到底有没有扩大。

“快点。”鹿晓催促。

“您别着急，安全第一。”毓见回到驾驶座上，朝着后视镜看了一眼，道，“我们的路程大约需要四十分钟，您抵达协科之后律师大约会询问您一些关于天倾这一次在漫展的相关事宜，您可以在路上先整理一下思路。”

说话间，车子已经驶出别墅区，沿着盘山公路前行。

鹿晓后知后觉地想起给郁清岭打电话，电话对面却传来一阵关机提醒。

她降下车窗让外头的冷风灌进车里，一遍一遍地安慰自己，现在郁清岭那边是凌晨，不接电话很正常……可是胸口的躁动还是无法纾解，这种时候，为什么好像全世界都失联了？

就这样，艰难的四十分钟在焦灼中度过。

车辆驶入协科大楼，毓见带着鹿晓穿过钢铁巨龙似的地下车库，拐入一座电梯。非工作时间电梯畅行无阻，一路抵达顶层会议室。

毓见叩响会议室的玻璃门，停顿几秒就直接进入会议室，朝内道：“鹿小姐到了。”

鹿晓跟在他身后，被他挡住了视线，等到毓见移开身形，她才发现寂静的会议室里坐了很多人，比她想象中要多得多。

秦寂坐在椭圆桌中间，两边一侧坐着协科的高层运管人员，另一侧是几个她从没见过的西装革履的人士。会议桌外的区域是几张茶几，茶几上放着数个笔记本，周围围着一群协科公关部的文秘。

这架势……

鹿晓的指尖抖了抖，一时间不知道哪里才是自己的位置。

就在她发呆的这一秒，一个身着职业装的中年男人已经从会议桌上站起身来，向她点头示意："鹿小姐，我是政合律所的律师，我叫李子木。我想就陆天倾这次事件向您询问几个问题。"

"好。"鹿晓讷讷地回答。

李律师道："我是协科聘请的律师，所以希望鹿小姐就本事件知无不言，对我不需要有任何隐瞒，只有我获取更多资料，才能帮助协科渡过难关。这点，希望鹿小姐回答前能够理解。"

"好。"鹿晓低声道。

"请坐。"李律师示意鹿晓在他对面的位置就座。

鹿晓的思绪已经逐渐冷静，协科拿出这样的架势，只能说明一件事，天倾这一次的伤人事件后续发生了变化，已经远没有三个小时之前那么简单了。

这大概就是秦老爷子说的，如果不能抢先机就要谋定而后动，如果三个小时前她直接匆忙去了J市，协科的公关会议她是绝对赶不上的。

"鹿小姐。"李律师看了一眼手上的文件道，"根据我这边的资料，您是半年前参与了曦光计划。您在工作范围内主要负责的是什么？"

"照顾参与实验的孩子，与他们进行互动。"

"也就是说，您并不是孩子们的老师，而只是类似于看护人员，甚至某种意义上可以理解为，您在工作内容以外，与孩子们互动很大程度上是朋友之间的感情交互，是不是能这样理解？"

律师的思维总是弯弯绕绕的，鹿晓听得稀里糊涂。

"我不知道。"她老实答，"我做的更多工作是记录他们的日常生活状态。"

李律师微笑："所以，您的身份认定是郁清岭的助理，文秘助理？"

"是。"

李律师又问："那请问鹿小姐，陆天倾是在与您认识之后才开始着女装吗？"

“不是。”鹿晓摇头，“我第一次见到天倾的时候，他就是身着女装。”确切说，最初她甚至没有认出来天倾是个男孩子。

李律师道：“那在之后的相处中，据我了解的情况是，您对天倾喜好穿女装并没有多加干预，甚至主动购买过女装送给他？请问这是为什么呢？”

鹿晓回忆起之前几次送衣裳，答：“因为天倾的衣裳被损毁，一次是因为和唐宋打架，一次是……被陆女士剪碎了，他的情绪出现失控，所以我……”

李律师点头：“好，可以了。我可以这样理解，您购买女装赠予陆天倾，是基于平复情绪，完成实验——即您的工作职责范围内的需求，对吗？”

“是。”

“可以了。”李律师朝着秦寂点头，“法律范畴内，SGC 和协科都没有问题。”

李律师的话音刚落，会议室所有人都松了一口气。尤其是在一旁听候发落的公关部小姑娘们，她们相互间还传递了一个如释重负的眼神。

鹿晓却不轻松，她握住拳头，小心地问：“请问……我能知道发生什么事了吗？”会议室里所有人的目光都汇聚到鹿晓身上，她更加紧张，“我只知道天倾在漫展上伤了人，但……”

但这个事件不论如何也用不着协科这么多人火急火燎地开会吧？

李律师扭头看了一眼秦寂，得到秦寂目光的示意后，笑了笑，把一个 U 盘插入笔记本中。下一秒，投影仪上播放出画面——

画面是在一个医院，陆女士赤红着双眼，对着镜头声嘶力竭：“我的孩子，他只是有自闭症，可是自从参与了 SGC 的曦光计划之后，他就开始像一个变态一样穿女装，这一切都是因为 SGC 的工作人员主动给他买女装，逼他穿！

“他甚至开始攻击人，不让我亲近，像是被洗脑了一样，只听

SGC的人的话！起初只是穿女装，现在已经越来越过分……就在不久之前，他还因为情绪失控自残被送进了急诊！

“我的孩子只是有点儿自闭，他在漫展上的所作所为，根本就是受人控制之后的精神失常……我现在怀疑那个曦光计划根本就是骗子，就是用不正当的手段控制孩子们的身心！”

陆女士在各种媒体的长枪短炮之下痛哭流涕。镜头把她的身影和医院门口的招牌剪辑在一起，活脱脱就是一个受尽屈辱无力崩溃的母亲。

缩影之后，主持人在医院前娓娓道出事件总结：“根据调查，‘曦光计划’的投资方就是协科股份有限公司。日前，协科的基因肌肉养成疗法实验团队，高调参加国际比赛，被赛委会取消参赛资格事件刚刚过去一个月，协科股价已经缓速下降20个百分点，而本次事件无疑会给协科雪上加霜。目前涉事家属已经报警，协科与SGC方暂无回应，具体后续发展我台将进行跟踪报道。”

画面在一个SGC大楼的远景中结束。

鹿晓看完半天没有反应过来，直到投影屏重新变成了白色，她才恍然回神。

“她怎么可以这样说谎？”鹿晓喃喃道，“天倾会情绪失控都是因为她剪碎了他的衣裳还殴打他……穿女装并不是变态……而且天倾他之所以穿女装，不是因为异装癖，是因为人格……”

“晓晓。”秦寂出声。

鹿晓激动得从座位上站了起来，扬声道：“她怎么可以这样随意拼凑出完全不符合事实的说辞……她这……她根本就是捏造事实！”

这半年来，所有人的努力还历历在目。多少次孩子们有了微小的进步，家长们含着泪向她和郁清岭道谢，可是现在那个女人在镜头下却把SGC形容成了一个修罗场，还上了电视……事实根本就不是那样！

“鹿晓，冷静一点儿。”秦寂站起身走到她的身后，握住她的肩膀，把她按回了座位上，抬头望向李律师，“您的意见是？”

李律师："伤人事件因为是在寒暑假，所以曦光小学、SGC，包括协科都没有责任，这是毋庸置疑的。"他看了一眼鹿晓，"至于渎职，更不存在了。对于陆女士那些指控，我建议协科方可以收集证据，告她诽谤。"

秦寂点头。

沉吟片刻，他又回头看隔壁小团队："公关部的意见呢？"

公关部主管陡然起立："这次事件造成的影响无疑是巨大的……"他抹了一把汗，面色铁青，"对方针对的不是SGC而是协科，应该是竞争对手在利用之前的取消参赛资格事件在顺势攻击我们……陆女士应该也是受人指使，否则这只是一次意外伤人，不可能所有事件会这么一起发生……"

秦寂的眉头皱起："所以，结论？"

公关部主管面如死灰："我们一定在事件恶化之前处理好所有事情，请您放心！"

会议完毕，所有参会人员各自散去。只有鹿晓独自面对着空荡荡的会议室发呆。她表情呆滞，如同一个人偶，僵硬着身体挺坐在椅子上。

秦寂离开又折回，手里多了一杯咖啡。他把咖啡搁在鹿晓的身边，拉过她身旁的椅子坐下来。

"没有糖。"秦寂微笑，"我不好意思问人家借。"

咖啡袅袅升起雾气，蒸腾到鹿晓的眼睛里。鹿晓眨了眨眼，双手捧起咖啡杯。没有糖也没有关系，至少手热一点儿了。

"好点儿了吗？"秦寂问。

"她怎么可以这么颠倒黑白？她明明知道是怎么回事的……"鹿晓张张口，思绪凌乱，"郁教授一直是真心实意在帮助那些孩子，她怎么忍心……"

秦寂的手落在她的发顶，轻轻揉了揉。

"还没出象牙塔的孩子。"他嘲讽她。

鹿晓的头垂得更低，肩膀耷拉下来，像一只在太阳底下蔫了的植物。

"接下来……会怎么样？"她问秦寂。

秦寂沉寂片刻，道："相关部门会介入调查，下属的所有基因相关项目都将被各政府部门严格审查，调查结果出来之前，协科的股价会持续下跌。不论结果如何，协科都会面临相当大的损失。一旦资金出现断流，若干项目会被迫停止。"

"就算澄清了，调查结果清楚了也不行吗？"

秦寂摇头："对公司来说，负面新闻不论真假，只要爆发，带来的影响一定会体现。澄清只是相对止损，并不能翻盘。所以，才会有那么多公司热衷于制作对手公司的负面消息。"

"这不公平。"

"是啊，不公平。"秦寂仰头叹息，"那又怎么样？"

鹿晓："可……"

"不过幸好你没有傻乎乎地直奔现场，否则说多少都是错。"秦寂的脸上露出疲乏，他端过鹿晓手里的咖啡，把剩下的半杯灌进自己的喉咙，疲乏渐淡。

"这杯太苦了，你还是下去自己买奶茶吧。"他笑道，"你啊，要不考虑考虑留校？Z大的新闻系缺一个本科应用写作讲师，留下的话，霍初行应该会高兴。"

秦寂一旦拿出这副嘴脸，再交谈下去就是冷嘲热讽和人格攻击了。

鹿晓站起身朝外走。

秦寂在她身后喊："要不要让毓见送你？"

"不用。"鹿晓摇头，"我带行李了，直接回公寓。"

"喂，我说——"

"我走了，替我和爷爷道歉！"鹿晓拎着行李箱健步如飞，逃出会议室。

走出协科大楼，才发现外头恰逢日落时分，路灯刚好在一瞬间亮起来，照亮空荡荡的马路。

在遥远的大洋彼岸已经是天亮了吧。

鹿晓仰头望着透明的天空，事到如今，她反而没有勇气打电话给郁清岭了。

那个人那么纯粹，知道他辛苦经营的这一切被人泼上这样一盆脏水……不知道，他会有多伤心。

Chapter21 负面新闻

过年期间的出租车少得可怜，鹿晓拖着拉杆箱一个人在马路上走了很久，终于赶上了非直达的公交车，辗转好几次，抵达她的小公寓已经是晚上八点整。

她的脚后跟已经被高跟鞋磨破了，走在小区里深一脚浅一脚，像一只笨拙的鸭子一样蹒跚地走进电梯，四周光洁的金属面倒映出一张充满疲乏的汗涔涔的脸。

电梯抵达楼层，鹿晓暴躁地撩了一把头发，拽起拉杆箱费力地拖到门口。开门，进入黑暗的屋子，在地板上席地而坐，慢慢让胸口的燥热一点点平息。

好狼狈。鹿晓在黑暗中惴惴地想，这个世界归根结底还是她一个人的世界。

打开灯，温暖的光让整个房间温度也开始上升。

鹿晓从行李箱里掏出笔记本，抱着它回到自己的房间，开机直接上了微博。对这个世界，她可能缺乏理解，但从来不缺乏勇气。

微博上“郁教授”的话题果然已经炸翻了天。有一个帖子转发已经过了三千，博主在视频中附字冷笑：“郁清岭郁教授，貌似出事了。”

帖子里附了个视频链接，就是鹿晓在会议室看到的那个新闻采访。

话题的主人为了显示“帮理不帮亲”，置顶了帖子，于是帖子便爆出了一万多条评论。

网友们在评论里冷笑：“现在大学里欺世盗名的‘教授’还少吗？快醒醒吧，协科至今还没回应，你们的郁教授都上新闻频道了！”

粉丝们坚持：“事情现在还没有定论啊！说不定郁教授也是受协科方蒙骗呢。郁教授自己是亚斯伯格症患者，肯定是单纯被利用了！”

路人黑们冷嘲热讽：“得了吧，你们的郁教授，拿着高额经费，有美女陪伴，之前还被扒出市中心豪宅吧？什么亚斯伯格，呵呵，人家精着呢，该享受的一样没落下。怎么，你们选择性失明是吧？”

鹿晓操控着鼠标缓缓划过整个页面，冷静地浏览着乌烟瘴气的主页。

陆女士痛哭流涕的母亲形象刚好击中普罗大众的人性弱点，舆论一经爆发，又是通过新闻形式传播，几乎所有人都认可，协科连同SGC，欺骗了可怜的自闭症孩子，利用他们谋取利益，做出了伤天害理的勾当。

唯一还有争议的，只是郁清岭教授是否和他们是一丘之貉。

鹿晓不明白，明明是还没有定论的事情，国家机构没有出面，法院、警察局没有定论，因为一个弱势群体的痛哭流涕，就已经被打为既定事实了吗？

她看见话题的深处，那些被管理员置顶之外的评论里，各种不堪入目的字眼和郁清岭三个字连在一起，密密麻麻一片——她由衷地感到庆幸，还好他在国外，还好，他看不见这些集结了国人劣性智慧的人身攻击。

鹿晓在屏幕前静默片刻，又切回了话题置顶的视频，用自己的账号在下面跟了一个回复：

“郁教授是一个执着且真诚的学者，请大家相信他的职业操守。”

“他是我见过的最好的人。”

评论发出后三十秒，第一条谩骂降临。

在那之后，接二连三十几条私信，都是愤怒的咒骂。

鹿晓的微博是一个文学圈学术博，虽然没认证也没圈外名气，但是依旧有路过的圈内人瞧见了，好心发私信：“博主，你掺和这些是非作甚呢，好好跟古人谈恋爱不好吗？”

鹿晓笑了笑，回复：“因为郁教授他是个好人，好人不该被辜负。”

路人叹息：“完了完了，连你也是个郁清岭颜粉！”

“是啊。”鹿晓发了个笑脸。

如果以信赖程度来论粉的话，她无疑是郁清岭的超级无敌忠实粉丝。

鹿晓已经头晕目眩，趴在写字台上快要睡过去。手机铃声响起的一瞬间，她全身一怔，分秒之间清醒过来，接起了电话。

“鹿晓！我是林简。”电话那头的声音有些气喘。

“林简，你之前……”

“之前我手机没电了，天倾的事情你知道了吧？”林简单刀直入。

“知道了。”鹿晓心中一跳。

林简的声音仍然气喘吁吁：“我觉得你应该会很关心，所以我下午直接跟上救护车去了医院，医院的情况很混乱，我一直没有找到机会充电，干脆一直在现场看着了，直到现在才回到酒店。”

“医院……情况怎么样？”

林简：“主持人伤情还好，轻微脑震荡，后背被瓷器碎片扎破了，有皮外伤。她的家人在听说伤人的是一个自闭症患者之后，都很通情达理的。”林简顿了顿，声音放低了一点儿，“不过，在那之后，也不知道从哪里忽然赶来了很多记者。”

之后的事情，鹿晓就知道了。

记者们把陆女士团团围住，事件的性质就彻底变了，从一起漫展的意外，变成了“生化试验”类型的都市传说，直接把曦光计划的投资方协科拖下水。

“天倾他怎么样？”鹿晓急道。

林简的呼吸更乱，她似乎是在犹豫，半天才道：“我说了，你千万不要激动。天倾的妈妈坚持天倾被洗脑，又因为他确实在现场伤人了，所以天倾被送进了J市的特殊精神类医院控制……听说医生们要对他做全方位的精神检查。”

“他……”鹿晓心中警铃大作。

“他是被几个医务人员强行绑上车的。”林简低道，“我又跟到了医院，但是进不去。”

鹿晓僵直了脊背，花了好久，才终于消化了林简说的话。

天倾被当成疯子抓了起来，只是因为陆女士颠倒黑白的谎言。他平常就很敏感，她完全不敢想象他在特殊医院会遭遇什么事情。

只是简单的假设，她就已经浑身冰凉，呼吸都战栗。

天倾……

电话那头，林简的声音仍然在继续：“鹿晓，我存了一些现场视频，有一些是问漫展认识的人要的，还有一些是我在医院拍的第一现场，我已经打包发你邮箱了。不知道这些东西能不能帮到你……”

林简静默了一会儿，道：“我相信你们。”

她声音很轻，却透着坚决。

鹿晓绷了一天的神经因为这轻淡的一句话，差点儿断裂成碎片。她感到眼眶发胀，明知道林简其实看不到，还是在电话这边狼狈地摸了摸自己濡湿的额头，撩开那些凌乱的刘海。

“谢谢你。”最后，她只勉强挤出了这样一句结束语。

“早点儿睡，晚安。”林简说。

“晚安。”鹿晓轻声道。

一个小时后，H 市当地的新闻频道也对整个事件进行了报道，新闻只描述了客观事实，却又在微博上引发了一阵热议。就如同秦寂说的，负面新闻的意义从来不在于确定事情真相，而在于在事情真相到来之前，尽可能地广而告之。

鹿晓一夜没睡，一夜之间，社交平台上的热点每隔几个小时就更新一次。主事件新闻虽然没有更新，个人隐私却如同滚雪球般越滚越大，俨然从一个社会新闻变成了全民娱乐事件。

等到第二天早晨 9 点，又一颗八卦题材的炸弹被丢了出来——之前跟郁清岭亲密出游的“穿着暴露女”，跟协科老板秦寂关系不一般，有图有真相！

鹿晓的心一颤。

果然，爆料微博里贴了她跟秦寂元旦上山祈福的照片。照片里的她和秦寂正在寺庙前漫长的台阶上攀爬，她已经气喘吁吁，无力再往上了，秦寂就抓着她的手，拉着她跨上台阶。

这一次，网上的评论已经一面倒。

“原以为是教授有问题，实则是这个女人不检点！”

“怪不得中文系的都能进 SGC，原来是金主的女人，秦总还真是物尽其用。”

“楼上别那么说，万一曦光计划就是秦总送小美人的礼物呢？”

一行一行不堪入目的词汇构成的句子，充斥着整个网页。

鹿晓是学中文出身，太清楚人言可畏是什么意思。她越来越庆幸还好郁清岭人在国外，也不登录这些乌烟瘴气的社交媒体。

上午十点整，鹿晓接到了 SGC 行政部主管善芳的电话。

善芳的声音也带着疲乏：“鹿晓，我们这里整理了曦光计划的所有资料和实验记录文献，SGC 是个科研机构，没有配备专业的公关人才，我们商量后认为把这些交给协科会更好。”

“您希望我去取吗？”鹿晓小声问。是因为网上曝光的她和秦寂出游的照片还是……

“我们联系不到郁教授，他的手机号码是公开的，应该已经被媒体打爆了，所以我想问你，你有没有郁教授的联系方式？”

“我也没有。”鹿晓心想，怪不得从昨天起郁清岭的电话就打不通。

“那……”

“我去取。”鹿晓低道。

“项目资料在行政部，但是你们的实验报告应该锁在档案室里。”善芳迟疑几秒，“B 座朝外的开放门口楼下有记者，你要小心。”

“好。”鹿晓挂断电话。

Chapter22 归来

十点整，鹿晓抵达 SGC 的 A 楼楼下。

SGC 的中心楼周围共有四幢楼，每一幢楼都是独立个体，对内连接中心楼需要刷卡进入，对外则不需要。此时此刻，记者们正齐刷刷地围堵在 B 楼的对外入口处，随时准备守株待兔。

鹿晓的计划是，从距离 B 楼最远的 A 楼入口进入，通过地下通道，刷卡进入中心楼，先拿了行政部资料，再通过中心楼，由内部进入 B 楼。踏上 B 楼通道的一瞬间，鹿晓浑身的细胞也紧绷起来。

春节假期还没有过去,实验楼里只有一些值班的科研人员来来往往。她埋头加快脚步走进电梯，随着电梯上行，鹿晓总算舒了一口气。

还好，一切顺利。

鹿晓迈出电梯，沿着熟悉的漆黑通道前行，借着一点儿消防灯的光亮，止步在了 1101 前，摸出钥匙打开办公室门，又迅速把门关上。

实验室里的资料有足足一柜子那么多，鹿晓把资料从文件区全部抱了出来搁在地上，她就跪在地上，俯身一点点地查阅那些中英文混杂的标题。

最后，她在那些资料中找到了十几份用得上的内容，连同行政部资料一起抱在怀里。

厚厚的一大沓，她抱着很吃力。

走路的时候撞到盆栽，进电梯的时候腾不出手按键，等到走出电梯，脊背已经全湿了。

“鹿晓？”忽然，一个声音在她身后叫了一声。

鹿晓回头，看见一个戴着帽子的快递员模样的人站在她身后。

“请问你是？”鹿晓茫然地开口。

那个人却以迅雷不及掩耳之势，从随身的包里掏出一个相机，对着她按下了快门。

霎时间闪光灯亮起，连同那个人的声音一起响起："我们是医疗圈专业新闻媒体。鹿小姐，请问您这是替郁教授来拿文件的吗？这些是什么文件？郁教授为什么不自己来，而要你来？"

那个人连连发问，随着他的声音，远处角落里另一个人已经扛着摄像机直接冲了上来，黝黑的摄像机如同一只怪兽，把鹿晓逼退到了电梯边。

"我……"

鹿晓的脊背撞上墙壁，她发现自己带着资料根本就无路可逃。她绝对跑不赢浑身轻装的暗访记者。

"鹿小姐，郁教授是不是不打算正面回应？"那人的话筒几乎要戳到鹿晓的鼻尖。

鹿晓想了想，道："郁教授人在国外，目前还没有回国。"

记者又靠近一步："那您手上的资料是做什么的？您并没有从正门进楼，而是偷偷拿出资料，请问这些资料是不是不方便公开？"

鹿晓紧张得呼吸急促，汗水顺着脊背缓缓流下。

现在的情况逃跑肯定是不行的，摄像机会记录下她狼狈的身影，不知道被渲染成什么样。而正面回答的话……这个记者一句话里有五六个陷阱，她说错任何一句话都会给 SGC 和协科带来巨大的影响。

她逼自己冷静思索，匆忙整理完思路才开口回答："我手上的资料是关于曦光计划的行政与实验数据资料，需要把这份资料交到专业的律师手里，让它们以庭上证据而非被夸大误导的谣言的形式展现在关心本次事件的人们面前。"

实验数据不宜公开，并非偷运，而是交给专业律师，通过国家机构和正规媒体公开给真正关心本次事件的人，而不是连台标都没有带的八卦记者。

鹿晓故意咬字"夸大误导的谣言"几个字，冷眼看镜头。

记者大概没有想到会得到这样具体得让人不太好追问的回答，不由得一愣，换了话锋：“如果这份资料真的如你所说是给律师而不是销毁，那么为什么你不从正门走，而要偷偷进入大楼呢？”

又是一个陷阱。

鹿晓暗自捏紧了拳头，脸上是认真的神情。她说：“正门口围满了记者，我的身份是郁清岭教授的助理文秘，我想大家可以理解，我的职位并不高，其实并不适合回应本次事件。所以根据我个人的判断，选择了避免正面接触的路径，况且我没有偷偷进入，而是以 SGC 正式员工的方式，通过正常渠道进入 B 楼。”

鹿晓从没想过，进 SGC 半年，中文专业发挥作用最大的一刻竟然是在这种情况下。

她语速不快，一字一顿慢慢对着镜头讲，每一个字开口前她都在大脑内循环几次，力求没有办法被掐头去尾断章取义，所以这些话出口时反而给人一种真诚稳重的感觉。

第一，我的职位不高，我根本没权力回应，为什么要自己找碴去记者堆？

第二，绕道而行是我不想找碴的个人选择，不是公司授意。

第三，我是光明正大“正常渠道”进的楼，而你不是。

挖坑的记者是人精，顿时听明白了鹿晓言语间的嘲讽，脸色顿时一沉，挑眉又换了一个方向的问题：“鹿小姐果然是中文系毕业的，说话真是滴水不漏。听说鹿小姐以中文系毕业生身份进入 SGC，不知道是否因为协科总裁秦寂的疏通？您如何解释在今年元旦的时候被拍到与秦寂共同出游？您与郁清岭郁教授是在交往吗？”

鹿晓一愣，呆滞了几秒，朝墙壁退了退，发现自己无路可退。

她完全没有想过会被当众询问这样的问题，问题到最后已经赤裸裸地在暗示“你是不是一个不检点的女人”。

记者的脸上露出一丝狰狞的笑容，摄像机却是实打实地对准了鹿晓。

“鹿小姐，很难回答吗？”记者又上前一步。

鹿晓死死抱住手里的资料，豁了出去，对着镜头一字一顿道："尊重郁教授和SGC，保护实验文件安全，是我作为郁清岭助理文秘的职业道德，所以我今天采取了这一切措施，我相信任何一个真正有判别能力的人，是可以理解我的选择的，而不是直接按照你的诱导，理解为'偷偷携带文件出走，并且损毁了若干'，我想这也是有悖你客观中立的职业道德的吧？我的私生活和本次事件没有任何关系，但您的问题句句设陷，甚至不惜用完全没有考证过的隐私来对受众进行舆论诱导。您说您是'医疗圈专业新闻媒体'，老实说我很震惊，会在您的口中听见这样不专业甚至不入流的问题。请原谅我质疑您的专业性，并且我不打算继续回答您的提问了。"

"你……"记者红了脸。

他万万没有想到，这个绯闻满天飞的花瓶助理讲话软绵却刀刀致命。她没有按照他预期的回答事小，最可恶的是她这种回答方式，会让他没法剪辑，根本就是可恶得密不透风，减掉了上句下一句就会明显出现断层！

他辛辛苦苦买通了快递网点混进来，可不是来听她这些冷嘲热讽的！

"您好！这里不允许采访！"把守在门口的保安终于迟迟来到，把记者拦了下来。

"鹿小姐！"记者还不肯放弃。

鹿晓趁着保安把记者围起来的时候逃离了压迫圈，朝中心楼通道走去。

她尽量让自己的脚步平稳，避免显示出落荒而逃的样子。漫长的三十米通道之后，她进入中心楼，再拐出A楼，钻进A楼侧边的小巷中。

阳光被遮住，阴凉的风吹拂过她的身体。

鹿晓踉跄前行了几步，忽然浑身一怔，积攒了许久的恐惧与战栗席卷而来，脚下一滑，身体忽然不受控制地向前栽倒——

鹿晓连喊都没有喊出声来，大概是身体还没有从刚才的状态下解放，资料散落一地，膝盖上传来火辣辣的疼。

不一会儿，一股温热的黏稠的触觉从膝盖处传来，牛仔裤上渐渐渗出一点血痕。

鹿晓迷迷糊糊爬起身，第一时间去捡那些资料。

每捡一份，她心里的成就感就多一重。她不仅成功把资料取了出来，还让那个心怀叵测的记者吃了瘪。这简直是新年以来，最让她觉得畅快的事了！

鹿晓抱着资料快步穿过小巷，脚步越来越轻快。就在她快要走出小巷的时候，手机响了起来。

一个陌生的号码。

鹿晓犹豫着接通电话："喂，您好。"

"鹿晓，我还有半个小时就到 SGC，你在哪里？"手机里响起了久违的声音。

鹿晓伫立在原地，不敢相信自己的耳朵。

"鹿晓，我是郁清岭。"电话那头的声音有些疑惑，很快又跟了一句，"因为是临时决定回国，所以没有备用手机，我问出租司机司机借了手机打给你。"

"你不是一直关着机……怎么记得我的电话号码？"

"半年前我就背下来了。"电话那头的声音温柔沉静，似乎还带着一点笑意。

鹿晓呆呆地站在巷口，久久回不过神。

忽然间，她的腿开始发抖，因为风那么冷，膝盖还在流血，全身上下被摔得好像散架一样。

这两天一夜的担忧与恐惧，连带着头痛腿痛脊椎痛一股脑儿向她甩来。

她感觉自己成了全世界最委屈的那个人，委屈得连站立的力气都没有，抱着一沓重要的资料蹲坐在地上，莫名其妙地就哭了出来。

“鹿晓？”郁清岭的声音有点儿焦躁。

“你……别回 SGC……有很多记者……”鹿晓努力控制抽噎，“我在琼树路口等你。”

“好，我回来了。”郁清岭低道。

“好。”

太矫情了，鹿晓边哭边歧视自己，然后理直气壮地拿袖子擦眼泪。

Chapter23 公关会议

不多久，一辆出租车停在琼树路口，一个颀长的黑色身影从车上下来。H 市冬天有雾霾，那个身影下车的时候有点儿茫然，在路口左右张望，最终目光锁定了街角的小巷口。

鹿晓就站在小巷口擦眼泪，红肿着眼睛，鼻尖也红彤彤的。

“郁教授。”她小声开口，怀里仍然抱着厚重的资料。

郁清岭伸手触碰鹿晓的眼睛：“眼睛有点儿红。”

“风太大了。”鹿晓脸上发烫。

“鼻子也红。”郁清岭露出苦恼的神色，大概是想不明白原因。

“我们快去协科！他们的公关部等着这些资料呢。”鹿晓尴尬地低下头，实在不好意思说是听见他的声音就犯了矫情病，觉得全天下自己最委屈，所以哭了一场吧?

风确实很大，刺骨的冷风穿过狭窄的小巷，发出沉闷的呜咽声。鹿晓躲在郁清岭的身后，刚好借着他的身体挡住风，已经冻僵的脸又渐渐红润起来。就这样一路上了出租车，直接去了协科大楼。

蹲在大楼底下的记者都被公关部一锅端了，在隔壁的一个会所里面“耐心等待公司给予解释”，鹿晓和郁清岭畅通无阻，一路直接走进电梯上到大楼 13 层——协科公关部。

公关部的女生见到郁清岭，眼睛一亮：“郁教授来了！快去通知老板！”

下一秒，公关部总监带着微笑迎了上来：“郁教授您好，我是公关部总监魏延。没想到您那么快就从美国回来，真是辛苦您了。”

“不辛苦。”郁清岭道。

魏延大概没有想到他回应得如此冷淡，顿时脸色不佳，对着鹿晓就没好脾气了：“东西先放那儿吧。”他指着公关部会议桌。

鹿晓刚把资料放在了会议桌上，又听见魏延说：“随行人员请去外面等候。”

会议室里总共十几个人，把郁清岭围得水泄不通。他一个人站在人群中，脊背挺得笔直，人群带来的紧张感让他的神态有些木然。

鹿晓原本快要退出会议室，看见他的样子停下了脚步，对魏延说：“我是郁教授的助理，很多资料是我经手的，郁教授需要我在身边配合。”

魏延皱眉：“这位小姐，请您谅解我们的处事原则。”

鹿晓：“但是……”

魏延道：“关于本次会议讨论的事项涉及企业机密，无关人员不适合待在这里。”

SGC 到场的总共就两个人，这个无关人员指的是她。

哎哟，这个人还跩上了。

这个魏延上次还在顶楼会议室点头哈腰，到了十三楼倒是官架子十足，还真是活脱脱的两副面孔。

“郁教授是学者，我需要跟踪与记录学术之外的问题，我希望我能代表 SGC 的行政体系与会人员，留在这里旁听。”鹿晓说，“不放心的话，我可以签保密协定。”

魏延冷笑：“您确定您留下来是会有帮助，而不是雪上加霜？”

魏延已经懒得遮掩脸上的嫌弃，没错，他就是迁怒于她。这次事件第一个担责任的是他，稍有差池他就要卷铺盖走人，而罪魁祸首就是眼前的这个女人。如果不是她给自闭症男孩提供女装，他会沦落到今天这个地步？鹿晓要是他们公关部的人，早就被开除了。

“请出去。”魏延黑着脸道。

鹿晓不说话。如果她今天陪同的是 SGC 的其他人，她都不会去和魏延起冲突，可是她不能留下郁清岭在这陌生的环境，让他独自面对他最不擅长的社交和舆论会议。

魏延死死盯着鹿晓：“你就是这种态度，把整个事情弄糟的吧？”

“鹿晓。”迟钝如郁清岭，也已经察觉到魏延的敌意，侧身护住鹿晓。

鹿晓顶着通宵的黑眼圈跟魏延对峙。

会议室里一片寂静，所有的员工都在心里默默替魏延捏一把汗——虽然最近他确实被批得很火大，但是他身为公关部主管，莫非不关注微博上的八卦动向吗？

所有人默默地看着鹿晓，灵魂在哭泣——魏延难道看不出来，被拍到和秦寂一起跨年的那个红颜真的和鹿晓很像吗？

死一样的寂寞在会议室里蔓延。

僵持间，秦寂推门而入，目光在会议室里扫视一圈，刚好撞见剑拔弩张的魏延和鹿晓。他没有理会诡异的氛围，径直走到郁清岭面前，与他握手："郁教授，劳烦您临时回国。"而后他的目光顺势落到鹿晓身上，道，"这次事件部分原因是鹿晓引起的，我替她向您致歉。"

他的话音刚落，已经冷静下来的魏延，脸上就渐渐透出了菜色。

秦寂是什么人？

他是协科的老板，曦光计划的投资人，本次事件最大的实际受害者。这次事件归责起来，担责方一个是协科公关部，一个是管理不到位的协科行政和现在八卦最中央的鹿晓——他以什么立场代表鹿晓向郁清岭道歉？

会议室里的公关部小人精们面面相觑，每个人脸上都是微妙的表情。

秦寂的目光在会议室内游走一圈，对着鹿晓自然而然地道："听说你在 SGC 被一家小报堵了？怎么样，起冲突了吗？"

鹿晓道："还好。"

秦寂道："下次你再去 SGC，打电话给毓见，让他陪你去。"

所有人静默无声。

来自公关部的同仁们关爱的目光，落在两天一夜加班下神志不清的魏延主管身上。

毓见，协科总助，薪资大约是魏延的两倍，现在的身份是小文秘助理鹿晓的司机——可怜的人类啊，你还没反应过来，眼前这个就是腥风血雨八卦中心的女主角吗？

魏延岂能没有反应过来，他脸上的菜青色都快盖过黑眼圈了。

“鹿小姐……”魏主管挤出微笑，“如果鹿小姐愿意，可以为我们提出一些建议……”

“可是你刚才还说让‘无关人员出去’。”鹿晓冷声道。她今天也憋着一肚子暴躁呢，完全不想做息事宁人的举动。

魏延没有想到鹿晓如此没情商，顿时笑得比哭还难看：“我只是怕鹿小姐嫌弃会议无聊……”

“我一点儿也不嫌弃啊！”放弃情商的鹿晓说。

“好了，别幼稚了。”秦寂冷眼看鹿晓，道，“开会。”

会议一开始，每个人的脸色都凝重起来。

协科近三年来的资金大多都是流向基因研究为主体的医疗和保健，这一场事件如果不能安然渡过，将引起连锁反应，让所有的项目都陷入危机，后果不堪设想。

公关部人员分成几个小组，把鹿晓从 SGC 带来的资料每一页都整理出能用于佐证项目性质的内容。运营人员负责编辑公关文稿主体，美工与文案相互协作，把所有的证据都串联成适应不同传播平台载体的文体……所有人通力合作，一时间会议室静默无声。

“我能帮你们吗？”鹿晓转了一圈，最后停在文案小组。

文案们抬起头相互交换脸色，勉为其难地点了头——别说是她们小小文案组了，她今天对着软件工程师问“我能帮忙吗”，也没人敢拒绝啊！

鹿晓拖着凳子加入其中，很快，文案组的成员就露出了惊讶的神色。这个绯闻女主角的文字撰写能力要比她们想象中利落得多，遣词用句刀刀切中要害，完全不是绣花枕头。

“这个给你。”文案组组长把中心文稿交给鹿晓。

“好。”鹿晓接过，埋头其中。

没有人比她更适合做这份工作，她本身就是文学博士，如何把握中心撰写是她的本职。而在这个会议室中，又有谁比她更加了解这个项目呢？毕竟那一大沓厚重的文稿中大部分是她亲笔记下的。

时间一分一秒地过去，鹿晓终于抬起头，把笔记本交给文案组组长："您看合适吗？"

文案组组长端着笔记本去找运营组。

鹿晓在原地伸懒腰，目光偷偷瞥向不远处。不远处的会议室隔间，郁清岭正在和秦寂还有律师在交谈，举手投足间，黑色的碎发柔软地贴在白皙的后颈上，露出非常安静的背影。

"郁教授好帅。"鹿晓发呆间，她身边的小文案捧脸赞叹。女孩子之间的友谊来得飞快，一场几小时的讨论，小文案显然已经拉近了和她的距离。

鹿晓一愣，笑起来："是啊。"

小文案："没想到真人比电视上还要好看，我都想跳槽去做助理了。"

鹿晓憋笑，指了指秦寂："嘘——"可别被你家老板听见了。

小文案挤眉弄眼。

文案组组长从运营组那边抱着笔记本过来，对着鹿晓露出了善意的笑容："基本没有问题，等律师那边整理出我们的项目资质证据，我们再加以修改，就可以让运营部拿去策划推广了。"

"那就好。"鹿晓舒了一口气，忽然想起了林简发来的视频文件，对文案组组长说，"对了，我这里有第一现场的视频资料，有用吗？"

"太有用了！"文案组组长热泪盈眶。

"我马上拷给你。"

"不过……运营那边提出了一个问题，也很重要。可能会让你觉得冒犯，但是……"

文案组组长看着鹿晓，露出为难的神情。眼前的这个女人跟微博上衣着暴露的样子不一样，她看起来完全是一个学生的样子，在这三个小时的相处中，她发现这个女主角是个很有能力的文字操刀者，并不是网上说的出卖色相的草包。可偏偏，舆论从不照进现实。

“没关系，你说。”鹿晓小声说。

“法律上我们要确保伤不到协科，业内的专业舆论引导，目前来看也是有把握的。”文案组组长叹息，“但是社交媒体上传播范围最广的都是吃瓜群众，而吃瓜群众最爱看的从来不是‘资质’和‘合理解释’，我这么说您明白吗？”

鹿晓：“他们想看什么？”

文案组组长道：“隐私。”

Chapter24 绯闻女主角

鹿晓这个罪魁祸首，说起来也当之无愧。

绝大多数人对协科这个公司并不熟悉，更不用说它所经营的基因项目了，网民看热闹的心态之所以像雪球一样越滚越大，某方面来讲是因为郁清岭和鹿晓、秦寂三人的桃色八卦。

“首先我代表公关部，向公司和郁教授道歉。”会议桌上，面色菜青的魏延低眉顺眼地说着，“之前，因为郁教授上过科研访谈节目之后反响不错，所以我们公关部连同企宣部一起，指定了一些……娱乐宣传策略。”

公关部的一干少女齐刷刷地沮丧低头。

曦光计划的项目宣传一直是公关部的重点项目，但是科研类项目要推广且看起来不那么生硬，简直是难上加难。就在几个月前，一期很普通的科研访谈，让曦光项目一夜之间流量指数翻倍。她们激动地查证了各种渠道，才发现是郁清岭本人带来的粉丝所致。

于是，为了奖金和 KPI，公关部干脆因地制宜，制定了一系列以郁教授为核心的“娱乐偶像”宣传路线，这半年来，曦光项目的关注度喜闻乐见地日益上升，谁知道一着不慎满盘皆输，今天沦落到全网腥风血雨的地步。

“对不起。”公关部成员集体低头道歉。

“不必道歉。”秦寂道，“宣传策略并没有错误，我希望你们给出解决方案。”

“眼下我们讨论的方案是……”魏延朝运营组组长使了个眼色。

运营组组长是个年轻的女生，接到了主管的眼色快要哭出来了：“我们的方案是企业官博、业内论坛和新闻三管齐下来澄清项目的科学性，重心和资金放在舆论引导上。舆论……主要是……咯，鹿小姐和……”运营组组长越说越小声。

会议桌上的众人都听懂了，所有人都望向绯闻女主角。

澄清权责容易，平息负面八卦却难。要想满足吃瓜群众，让他们的兴致过去，只有一个方法——喂饱他们的窥探欲，最好来一个反转，让大多数人觉得“世人皆醉我独醒”，从而辟谣。

如何反转?

当然归根结底，解铃还须系铃人。

“鹿小姐……您有什么……可以告诉我们的信息吗？”运营组组长小心地发问。她当然不敢直接问“您是不是跟我们老板有一腿且脚踏两条船”，这简直是找死啊！

“比如？”鹿晓一知半解。

“比如……您对网上那些传闻的……能不能辟谣什么的……”运营组组长越说越哆嗦，为什么这种场合她要被扔出来顶风冒险啊?

话音刚落，会议室顿现众生相。

秦寂喝咖啡的手一顿，眉毛一挑，望着鹿晓似笑非笑。

郁清岭依旧没有表情，整个肢体语言都显示他正处于待机状态，他大概是整个会议室里最镇定的人了。

魏延满脸惨不忍睹，他的一干女下属纷纷抿直了嘴角，拚命压抑着才不至于让自己露出太多的心思，不少憋不住的，已经在暗自掐自己的大腿，防止自己表情崩盘。于是，大家都静默着。

鹿晓后知后觉地明白过来，运营组组长这一脸生无可恋是怎么回事了。也明白过来，为什么整个会议室的女生望向她的目光都是压抑着八卦心激动的星星眼。

——是都等着听八卦啊！

“我跟秦寂不是情侣。”鹿晓看了一圈内部吃瓜群众，苦笑道，“当然，你们放心，我也不是秦寂的秘密恋人。”

“鹿小姐，我们不是这个意思……”

鹿晓犹豫了一会儿，补充道：“我家与秦寂家是世交，我父母过世时我还未成年，秦寂的父亲在我成年之前都是我的监护人，同时还为我打理我父亲留下的遗产。”

秦寂没有说话，只是静静地看着鹿晓。

“啊……”运营组组长恍然。

会议室里静悄悄的，所有人都震惊于自己的耳朵听见的真相。每个人都想过鹿晓会否认和秦寂有暧昧关系，或者干脆承认是情侣关系，却唯独没有想过真相竟然是这样的。

这就太好了！监护人转移是有文书证明的。网上铺天盖地的黑料更多的是围绕着鹿晓贪慕金钱的方向，再没有比这更有力的证据了！

“鹿小姐，关于这个，您能给我们书面资料吗？”短暂的呆滞过后，运营组组长小声问。

“可以。”鹿晓微微走神。

郁清岭的目光落在鹿晓身上。今天的会议内容大部分他其实并不理解，他只在隔间里提供了实验的思路与一些学术领域的资料，绝大多数时候，他只是在陪鹿晓。透过一层玻璃屏障，看她全神贯注的样子。

她皱眉的时候会微微噘起嘴，与年龄相仿的女孩窃窃私语的时候，眼睛会弯成新月的模样，整个人洋溢着连他都能感受到的活力，就像是他放在阳台上的那一盆绿萝。

可是这样的鹿晓，在说起过往的那些事情的时候，却好像一瞬间枯萎的花。生命正从她身上一点点地流逝。

这样的变化让他感到无措。

“鹿晓。”郁清岭在会议桌的另一端叫她的名字。他想要打断她这样逐渐枯萎的状态。

嗯？鹿晓翩飞的思绪被迫中断。

她发现郁清岭的脸上又露出了隐隐的担忧与彷徨，她又让他失去了安全感？于是她匆匆给了他一个安抚性的笑容。

“那个……还有关于跟郁教授的关系，必须要辟谣吗？”鹿晓想了想，小声问对面。

公关部成员一脸莫名。

大庭广众之下，鹿晓渐渐红了脸。

“那个……”她的耳根都红了，“承认行不行啊？”

秦寂以及公关部全体成员顿时语塞，这是公开秀恩爱?

会议在莫名的粉红气氛中结束。郁清岭坐在鹿晓身边，脸上是难得的和颜悦色。文案组组长小艾临走之前偷偷朝鹿晓比了个心。

秦寂面瘫了几分钟，最终勾了勾嘴角：“怎么，有胆子承认，没胆子面对吗？”

鹿晓满脸通红，不敢看郁清岭，也不敢看秦寂。她刚才并没有想太多，只是觉得一个谎言要用无数个谎言去找补，被网友八卦出来反而麻烦，干脆承认了。可是现在的局面她简直想挖地洞……

郁清岭走到鹿晓身边，把她捂着额头的手摘了下来，牵在手里。

教程上说，情侣之间的肢体互动能够缓解另一半的情绪。他试着感受鹿晓发烫的手，得出结论，似乎符合实际情况。

秦总裁踢翻狗粮：“你们适可而止。”

长达八个小时的会议终于结束，鹿晓走出协科大楼时，天色已经很晚了。漆黑的夜幕中悬挂着一轮新月和几颗稀稀拉拉的星星，温暖的路灯在地上照出了三个并排行走的影子。

鹿晓，郁清岭，秦寂。

秦寂老奸巨猾，等到公关部都下班，他决定临时给即将到来的公关战“加一个猛料”，于是趁着月黑风高，记者潜伏的时候，邀请腥风血雨中心的鹿晓和郁清岭吃夜宵。

于是乎，三个人缓慢地光明正大地走出协科大楼。

黑暗中似乎有几个影子在大门外探头探脑，安静处还能听见轻微的相机快门声。

鹿晓几乎能想象出明天的头条是什么了，随即起了一身鸡皮疙瘩。

H市的市中心深处，暗藏着无数美味的夜宵摊。鹿晓在搬出秦家之前，常年跟着秦寂辗转在大大小小的夜宵摊中，几乎和每一处摊位的老板都混了个烂熟。

“老板，还认得我吗？”西装笔挺的秦寂站在黑漆漆的小摊前，笑着问老板。

老板是个胖子，乌溜溜的眼睛扫了一眼秦寂，震惊道：“小秦？几年不见，你怎么变成衣冠禽兽了？走了歧途？”老板一言难尽脸。

秦寂无语地愣在原地。

“噗，哈哈哈……”鹿晓笑得前俯后仰。

随即脑袋上迎接了秦寂的一记弹指：“去端菜！”秦寂喊。

“哦。”鹿晓灰溜溜地去小馆子的开放式后厨。

她对这里熟门熟路，纯粹因为年少时来了太多次。那时秦寂和哥们喝酒吹牛，唱歌弹吉他，她就在边上任劳任怨地替他们来回端新鲜出炉的烤串儿。

那时候小摊生意很火爆，据说自己取烤串可以打八折。秦寂的零花钱要请客挺紧张，为了尽可能地让大家吃得尽兴一点儿，她就任劳任怨地担负起了取串的跑腿工作，毕竟那些深藏在巷子里的小摊实在是太好吃了！

秦寂的哥们笑话她是“小打杂”，直到多年后她带着舍友到其中一个摊位庆生，才知道原来自己取烤串并不打折。老板看见她呆滞的样子，笑着告诉她这是秦寂的主意，秦寂原话是，你就让她多跑跑，女孩子，吃太多夜宵以后会长胖的。

结果这一跑，足足跑了好几年。

倒确实没长胖……

鹿晓端着一大盆烤串回到座位的时候，看见秦寂和郁清岭已经坐在当年的角落里。桌上摆着两打啤酒，秦寂和郁清岭正一人举着一罐。

路灯下，郁清岭的领口微散，露出白皙的皮肤，骨节分明的指尖握着啤酒，微微仰头，啤酒就倾倒进喉咙里。

很难想象，郁清岭竟然会喝酒，酒量还不浅。

喝酒的时候竟然还有一点点性感。

“别喝太多了。”鹿晓阻止郁清岭这种实诚型拼酒方式，顺带着瞪秦寂，“秦寂，你的恶趣味太重了。”郁清岭手边已经接连放下四五个空罐了，而且秦寂这个人渣，第一罐还没喝完！

秦寂无所谓地耸肩：“我刚才跟他讲，喝一罐啤酒，换你一个小秘密。”

秦寂咧嘴道：“刚刚讲到，当年你们文科班那个身高 168 厘米的班草给你写情书，信寄到家里，我怕耽误你学习，影响升学，就替你回复了一学期，情真意切的。”

鹿晓：“然后你害人家高考考砸了。”

秦寂拍桌：“他连你的笔迹都不认识，他不考砸谁考砸？”

鹿晓深深叹息，担忧地看了郁清岭一眼。秦寂这个人，虽然现在在协科众人面前俨然是一个以德服人的霸道总裁，但是骨子里的恶劣基因是够够的，论耍流氓，郁清岭绝对不是秦寂的对手。

郁清岭手里的啤酒罐刚刚见底，一口都没有浪费。他明明眼底闪着一丝迷蒙，脸上却挂着一点儿温存的笑容，下一秒他搁下空罐子，又伸手取了一罐，细长的指尖扣住拉环轻轻一拉。

“下一个。”郁清岭温和道。

所以他这是喝醉了吗？

秦寂挑眉，捞起刚才郁清岭搁下的空罐晃了晃，确定里面空空如也，才满意地点头：“她讨厌吃香菜，说那是七星瓢虫的味道，说得好像她吃过似的！”

这两个人，完全把她当成了透明的。一个巧立名目灌酒，一个不抗不争乖乖被灌酒，你一言我一语，把她过往的糗事一件一件拎出来，在寂静的夜里一刀一刀不停下。

酒桌上的啤酒渐渐都成了空罐，郁清岭忽然咳嗽几声，额头上泛起了一层细密的汗珠。终于，最后一罐啤酒也进了肚，他竟然还抬起头对秦寂露了个清淡的笑。问他："还有没有？"

秦寂却不笑了。

"才十几罐啤酒。"他盯着郁清岭冷哼，"还早得很。"

"秦寂！你不要玩过分了！"看着郁清岭的脸色越来越苍白，鹿晓按捺不住了。协科与SGC危难关头，秦寂却在这里欺负郁清岭，他这是想要曦光项目早点儿玩完啊？

冷风呼啸而过，夜游族们陆陆续续抵达了烧烤摊，小小一个巷口不一会儿就热闹起来。邻桌问老板要了一个烧烤架自力更生，热浪混着烟一阵一阵吹到鹿晓的桌上。

鹿晓忍不住也咳嗽起来，一张脸上冷热交替，冰火两重天，狼狈得眼眶都红了。

秦寂站在风口抽了一根烟，又笑起来："走吧，没故事了。"

鹿晓跟着秦寂和郁清岭走出小巷口，远远地就看见巷口站着一个久候的身影。那身影正不断地向巷内探望，忽然加快脚步小跑着奔进巷子。

"秦总。"毓见声音温顺。

"送他们回住处。"秦寂对毓见说。

毓见问："秦总您呢？"

秦寂点了一根烟："我回公司，还有事。"

鹿晓和郁清岭上了毓见的车，回头的时候就只能看见巷口隐隐闪烁的那点烟头的光，明明灭灭，如同星火。

第六章 黑暗与黎明

Chapter25 昼夜之间

春节假期走到了尾声，事件的恶化程度却愈演愈烈。

正当所有人焦头烂额的时候，H 市当地的经济频道对协科的丑闻事件进行了追踪报道。金融记者深入挖掘，把蓝象工作室挖了出来——根据资料显示：这个刚刚注册的小公司，注册资金为两千万，公司的法人是鹿晓。

鹿晓是谁?

她是 SGC 曦光计划的主要负责人，郁清岭的助理兼绯闻女友，与协科总裁秦寂关系匪浅。

而从经济层面来讲，她的身份只有一重——她是 SGC 的普通员工。一个员工，跟投资公司有着千丝万缕的联系，还有另一个机密的身份是曦光项目的合作公司执行法人。

这就有意思了。

到底是协科钱太多，还是霸道总裁情深义重，让他们暗搓搓做这种暗度陈仓的事情?

新闻一出，第二天交易日，协科的股票不出意料地跌停，第三天依旧跌停，短短两天之间市值蒸发了将近 20%，损失惨重。股民们怨声载道，就连与协科毫无关联的项目也陷入一片低迷。

而在 SGC 内部，则是另一个战场。曦光项目即将迎来政府与社会结构的严格检查，而所有的相关文件与数据只有郁清岭一个人能够完成。

鹿晓不记得他到底多久没有休息了，只看见他日日夜夜伏案在电脑前，仿佛是要把脑海里所有的过往数据都输入电脑，整个人如同机器一样，全身心地投入她不知道的世界里。她帮不上忙，只能在边上干着急。

等到第四天午后，郁清岭的手终于离开了笔记本键盘。他站起身来，缓慢地走到窗台前，大约是想把他的绿萝抱出去浇一浇水，忽然面色一改，径直地向下栽倒。

“郁教授！”鹿晓冲了上去。

郁清岭并没有晕过去，他只是呼吸急促，原本苍白的脸上泛起了一抹青灰的颜色。明明室内的空调并不算热，他整个人却好似刚从水里捞出来似的，汗水濡湿了鬓发。

“郁教授，您怎么样？”鹿晓焦急地拉扯着他的身体，绝望地发现自己根本拉不动他。

“没关系。”郁清岭扶着窗台站起身来，“只是睡眠不足。”

“你……多久没睡了？”鹿晓忽然感到不安。

郁清岭似乎没有料到她的问题，犹豫了一会儿，摇了摇头。

“你没睡过。”鹿晓用了肯定句。

她终于知道这几天来笼罩着她的不安是什么了——距离他回到H市已经四天，整整四天，她都是假设他只是白天专注工作，晚上休息，她根本就没有确认郁清岭到底有没有睡过……血肉之躯，怎么可能承受这样的超长负荷？

他还要不要命了？

“你去睡！”鹿晓拖拽他的身体，把他拖进隔壁的房间里。

郁清岭这一次没有反抗，像是一个听话的木偶，软绵绵地任由鹿晓拉着到了1102的床上，然后被盖上被子。

“闭眼！”鹿晓咬牙。

郁清岭没有配合，连续近百个小时的达芬奇睡眠法让他可以专注工作，却也不可控制地让他的思维变缓慢了。他看不懂鹿晓的表情，只是觉得她有些激动，眼睛瞪得圆圆的，还有点凶，却比平常更要生机勃勃。

于是，几天来的疲惫渐淡。

他又掀开被子坐起身，用所剩无几的思维能力迅速回忆着教程，然后伸手环抱住这个生气十足的小助理。嗯，每隔三天，一定要有适当的肢体接触。

鹿晓只觉得那股清淡的消毒水味钻进了鼻息间，一瞬间多少怒火都被浇得干干净净。

“你……赶紧休息……不知道还会发生什么事……”

“好。”郁清岭说。

他并没有多留恋难得的温存，乖顺地躺下，闭上眼睛。十几秒钟后，他一直拧着的眉头舒展，呼吸也匀称起来。

鹿晓拉上窗帘，回到窗边时发现他已经陷入沉睡，顿时无声地笑了。这个家伙无声无息地关闭了所有知觉，安静地蛰伏下来，还真是连睡觉都便捷得像关机一样。

郁清岭已经安睡，鹿晓悄无声息地掩上房门，回到自己的工位上。

她对金融一窍不通，只能看到协科的股票已经连续两天绿油油一片，官方的中性报道与社交媒体的营销号消息相互交织，真真假假早已经分不清。

鹿晓对这些内容早已麻木，她只是担心事情愈演愈烈，到最后会让协科与曦光计划一起为这一起被人刻意策划的恶意事件陪葬。

鹿晓忍无可忍，打电话给秦寂。

秦寂的手机关机，办公室电话由毓见接通，毓见又把电话转接给了魏延。魏延在电话那头的声音带着满满的疲乏，像是勉强支撑着给鹿晓解释：“鹿小姐，我们已经错过了舆论控制的最佳时间，所以现在不能轻举妄动了。”

“那我们可以做什么吗？”鹿晓问他。

“等。”魏延说。

“等什么？”鹿晓问。

“等事件发酵到极点。”魏延说。

鹿晓在焦躁中挂断电话。

她不懂公关，也不明白为什么明明已经准备好了所有澄清的资料，却要隐忍不发。

可是这样的等待，比直接被凌虐还要难受。

谣言如雪球，越滚越大，短短数天之间，“郁清岭”三个字俨然成为丑闻的代名词。她的微博私信已经躺了300多条谩骂，只因为那天她在“郁教授”的话题下面说了一句“相信他”。谩骂内容带着各式诅咒，扎眼且不堪入目。

鹿晓顺着私信点进其中一个人的主页，发现那是一个大学生。他正追着时下热门的综艺，转着搞笑微博，还为即将到来的开学考试转发着锦鲤。任谁都不会想到，就是这样一个健康开朗的博主，会因为她为郁清岭说了一句话，而在她的私信里连发十几条不堪入目的脏话。

鹿晓只是庆幸，郁清岭仍在隔壁安睡，更加庆幸他从来不属于这个颐指气使的社交网络世界。

这样的安逸并没有持续多久，黄昏时，变故陡生。

SGC办公室的座机电话响起，鹿晓越过重重文件翻到了座机，接起时听见了一个仓皇的声音：“谢天谢地总算打通了，请问是郁清岭教授办公室吗？”

鹿晓的心脏一紧：“是。”

“你好，我这里是曦光小学的校秘书处，请问郁教授在不在办公室？”电话那端的喘息声很急促，不等鹿晓回答就自顾自接下去，“我们这里出了点儿事……家长们对曦光计划有点儿疑惑，我们实在解释不清了……”

曦光小学……家长？

鹿晓云里雾里，听了一会儿才明白。社会舆论最终从线上蔓延到了线下，最终传到了曦光小学的学生家长耳朵里。协科与SGC方又不做解释，家长情急之下堵了曦光小学校长的门，眼看着就要起冲突了。

秘书处的女性哆嗦道：“我们校方充分相信SGC的专业性，但是您……您能不能请郁教授过来帮我们安抚一下家长？”

“可……”

鹿晓一瞬间语结，就在她不知道该如何应对的时候，电话里忽然响起一个清淡的声音："我会在一个小时内到达。"

"好的，谢谢郁教授！"电话那端的文秘小姐如逢大赦，听声音都快哭了。

鹿晓愣了片刻才想起来，隔壁 1102 有一个电话分机。她听见隔壁房间里窸窸窣窣的声音，过了几分钟后，郁清岭推开门，又扑进了资料间里，从里头取了一个文件夹走出来。

"我陪你去。"

鹿晓接过他手里的文件夹，跟上他的步伐到地下车库。

车库门口蹲着许多记者，早已经锁定了郁清岭的车型和车牌，郁清岭的车子一驶出 SGC 大楼，就有好几辆陌生的车子不远不近地跟上了。

鹿晓透过后视镜看见那些车辆，给魏延打了个电话。

"我们必须去曦光小学安抚那些家长，但是有记者跟着我们，我能看见的有三四辆车，曦光小学应该还有。"鹿晓问魏延，"我们应该怎么处理？"

"尽量安抚，但绝对不要提及公关内容。"电话那头的魏延说。

"不提起公关内容怎么安抚？"鹿晓忍无可忍地提高了声音。如果只是在 SGC 当缩头乌龟的话，她还可以勉强忍受，可是眼下要直接面对不知情的家长，不论是对他们还是对家长都是一场折磨。

电话里一阵杂乱的窸窸窣窣声。

过了一会儿，换了个女声回答："鹿晓，到时候你不要替郁清岭出头，不论郁清岭的社交能力如何，你让他自己去面对家长和镜头。"

"锦梨？"鹿晓一愣，不确定自己的耳朵是否听错了。她从塞舌尔回来了？

"是我。"商锦梨带了一点儿笑音，"有钱赚，就回来了。"

鹿晓还来不及反应，另一个男声响起："鹿晓，你放心，老郁他和天倾、小星他们本质上是不同的。老郁是个正常人，强压社交会让他紧张，但是他不会失控。"

黎千树？鹿晓彻底呆了。

电话那端似乎是在开会，很多人在争论。过了片刻，商锦梨道："总之，你可以陪在郁清岭身边，但不要去做主角，务必要记住。"

电话被挂断。

鹿晓茫然地看着手机屏幕重新归为黯淡，思路渐清。协科的公关部恐怕是自己已经无力支撑，把商锦梨从海外叫了回来。想到商锦梨就坐在协科的公关部办公室，她觉得心里的烦躁平息了一大部分。

商锦梨和黎千树坐镇。这一次应该不会有太大问题吧？

Chapter26 时机

曦光小学的局面比鹿晓想象中严重很多。

校门口的自动伸缩门上挂着横幅：**黑心科研，不道敛财，罔顾法律法规**。郁清岭的车子只行驶到曦光小学的门口就再难前行，层层的人群把车子围堵得水泄不通，就近的家长直接用手扶住了引擎盖，阻挡车辆进入校内。

“下来！”愤怒的家长吼着。

车上的郁清岭目光低垂，短暂思索之后，以极其缓慢的速度沿着马路边停下车，随后下了车。

“郁……”鹿晓想要叫住他，却迟了一步，眼看着四周闪光灯亮起来，不知藏在哪里的记者们突然出现，纷纷亮明身份，一时间长枪短炮对准了郁清岭。

郁清岭的脊背一瞬间僵直，脸上却看不出神情。他面对着其中一个镜头，目光越过记者，横扫过身后的那些家长，道：“快放学了，去那边，可以吗？”

他伸出手，指向校园内的草坪。

家长们一愣。

郁清岭等了一会儿，补充道：“容易造成交通拥堵，学生放学会有安全隐患。”

郁清岭对话时，惯有的神情要比普通人认真，哪怕是吃饭喝茶这样的生活琐事，只要出自他的口，都像是非常庄重的事情，此时此刻他的话语更是如此。

这样的口吻，在喧闹的环境里，偏偏大家都听见了，这件事本身就很神奇。

也许是因为他自带安静气场？

原本激动得面红耳赤的家长面面相觑，一时间反应不过来，竟然真的默契地让出一条通道。郁清岭就这样走进曦光小学，一路到了草坪的中央。

“你们想听什么？”郁清岭站在人群中间。

这并不是家长们预期的反应。这种情况下，他们等待的是鞠躬、道歉，是虚心地解释和郑重其事地保证，是赔偿的许诺，而不是这样高傲的一句“你们想听什么”，这像什么话？

家长们的怒火被重新点燃。

“新闻里说曦光实验就是一个洗钱的骗局！我们要求校方做出解释！”

“对！你们洗黑钱我们不管，但是用无辜的孩子做实验，这太丧心病狂了！”

“必须给我们一个解释！”

鹿晓站在人群外，看见郁清岭瘦削的身体被家长们团团围住，时不时还有人推搡，她急得快要揪光自己的头发——郁清岭是个不善沟通的亚斯伯格症患者，这种情况没有半点儿语言技巧，怎么可能安抚得了已经气炸了的家长？

可是她不能上去像往常一样替他解释。

她不知道商锦梨他们葫芦里卖的什么药，但她知道自己绝对不能成为坏了协科公关计划的老鼠，她只能站在那里，眼睁睁地看着郁清岭的脸色越来越苍白。

“不是骗局。”漫长的对峙后，郁清岭重新开口。

带头的男家长吼道：“都上新闻了，难道还是政府冤枉你们不成？”

郁清岭道：“地方媒体报道的是客观事实，即‘协科因曦光计划股价下跌’，这是经济类新闻。你们所说的那些，是因新闻引起的网络传闻。两者是不同的。”

“你说不同就不同？敛财的钱都进了你们口袋，还不是随你们说了算？”

郁清岭道："曦光计划是一个科研实验项目，没有敛财。"

家长们冷笑："你说没有敛财就没有敛财？证据呢？我们要看证据！"

郁清岭的眉头越锁越紧，这样的对话对他来说实在是很吃力。一般情况下，他的本能倾向是回答问题，或者解答疑惑，家长们怒气冲冲的话语，明明句句是提问，却又句句没有让他回答的余地。他们仿佛就是来兴师问罪的，问的是罪，而非答案。

他只能吃力地尝试一遍遍解释："你们所说的，并不符合事实。"

家长怒吼："你这样的解释我们不接受！根本没有半点儿诚意！"

郁清岭道："曦光计划不会参与到协科的效益计划。"

虽然协科是一个商业性公司，曦光计划却是 SGC 的科研项目。这两者是有本质性的区别的。

鸡同鸭讲的争论就这样陷入僵局。

人群中也不知道是谁发出一声冷笑："这么说，郁教授您这项目不仅不是洗钱，还算是公益？你们做教授的都只是赚黑心钱，谁会相信你真心替我们的孩子考虑？"

"是。"郁清岭认真道。

他这一句回答，彻底激怒了家长们："简直是睁眼说瞎话！"

喧嚣与叫嚷声尖锐得像是能划破耳膜。

鹿晓只觉得人群好像忽然开始拥挤起来，核心圈的几个照相机不停地闪着光，等她反应过来不对劲时已经慢了一步。

暴怒的人群彻底失控，愤怒的家长把郁清岭推搡着向后踉跄了好几步，也不知是谁忽然扬起拳头，一拳打在了郁清岭的眼睛上——郁清岭的身体失去平衡向旁边倾倒，额头与他身旁的摄像机相撞，齐齐砸向地面！

"郁教授！"鹿晓钻过层层人群，终于挤到了中间。

她看见郁清岭摇摇晃晃地从人群中站起身来，殷红的鲜血从他的额头上涌出，越过脸颊流淌到下巴。被拳头打中的一只眼睛也是血红一片，眼白彻底看不见了。

“你怎么样？”鹿晓终于冲到人前，抓住他一只胳膊。

郁清岭现在的模样狼狈极了，脸色却与刚才没有任何区别。他甚至抬起眼缓缓扫视了一圈周围，对着刚才几个动手伤人的罪魁祸首温暾道：“自闭症患者的家长，情绪容易陷入焦躁，诸位应该多注意自己的精神状态。”

满脸鲜血的郁清岭，表情依旧苍白却镇定。

“从治疗角度来说，家人的情绪稳定能够为孩子提供更好的干预环境。”

郁清岭眼里的光芒让人感觉到真诚。

在这种情况下，不像是正常人类情感的，让人毛骨悚然的真诚。

“你……”

带头的家长说不出话来。

如果换作别人，这样的语气，绝对是嘲讽和挑衅。可是不知道为什么，他们看见郁清岭的脸，却有一种奇妙的感觉，他或许并不是在嘲讽，而是在认真地建议。

明明都已经被这样对待了……

正当空气焦灼至沸点时，姗姗来迟的保安推开人群：“让一让！让一让！快送郁教授去医务室！”

众人看了一眼满脸鲜血的郁清岭，带头的几个人心虚地让开了路。

医务室。

于医生替郁清岭额头上的伤口做了简单的包扎，而后凑近，仔细盯着郁清岭的眼眸看。他观察了半天，道：“额头上的伤问题不大。只是眼睛……”

“眼睛要不要紧？”鹿晓紧张地问。

于医生摇头："目前看来毛细血管破了，只是看着可怕。不过我这里没有专业设备，最好去医院让眼科医生检查一下。"

只是看着可怕吗？鹿晓松了一口气，仍然有点儿不放心，他被打中的那只眼睛的眼白彻底红了。

"视力没有影响，应该没关系。"郁清岭赞同道。

他现在其实很轻松，刚刚从人群中脱离出来，整个医务室里就只有于医生和鹿晓两个人，就好像鱼被重新放回了水里，所有的情绪正在一点点舒缓。

鹿晓不知道该回什么表情。

"鹿晓？"气定神闲的郁清岭问道。

鹿晓很想再在另一只眼睛上也来一拳，让他对称一下。

不过看样子，他好像真的没有多大问题，甚至连情绪上的问题都没有。鹿晓觉得很惊喜，毕竟刚才那种局面，作为正常人的她，现在小腿还在发抖，郁清岭这种社交障碍人士难道不应该抱头倒地瑟瑟发抖吗？

她看了一眼正在认真思索的郁教授本人，悄悄地在心底打了个问号。

于医生发现了鹿晓的小表情，低声笑道："有意思吧？清岭他的情绪一直有些奇特，普通的社交会让他紧张，但是当刺激超出峰值的时候，他其实是比较麻木。"

"像吓蒙了的鸭子吗？"鹿晓沉默了一会儿问。

于医生道："你可以这样理解，人类听不见蝙蝠发出的超声波是因为它的波段超出了人类耳朵的接受范围，同理，清岭一旦遭遇超出他承受能力的混乱场面时，他只能专注抓住其中一两项内容，不像我们那样会被全局混乱刺激到。"

其实就是吓蒙了的鸭子吧？鹿晓在心里默默想。

在医务室的另一边，"吓蒙的鸭子"教授正对着镜子仔细地摘除身上的草屑，头发上，衣领上，还有袖口内侧的夹层里，很快他的着装和发型又恢复到一丝不苟的样子。

做完这一切，他的目光落向窗外，脚步没有半分迟疑地迈向门口。

“郁教授！”鹿晓在他开门之前拦住他，“你不能出去！”这种情况下他竟然还想着要出去?

郁清岭却摇了摇头。

“鹿晓，我得出去，这是我的责任。”

“不行！我……”鹿晓急躁得满头大汗，一咬牙，“外面的人已经失去理智了！”

“我得出去。”

“可你已经受伤了！”

鹿晓抓着郁清岭的手腕不松手，她想要用气势压倒他，于是狠狠地瞪他，很快在他的目光下败下阵来。她于是丢盔弃甲红了眼圈，气恼的眼泪在眼窝里打转，最后被她粗暴地用袖子擦了擦。

“你不要去，我去行不行？”最后，她哽咽，“我是你的助理，我代表你本来就是合理的……”

郁清岭却仍然摇头。

“鹿晓，”他喊她的名字，“这不关乎合理与否，只是我想要自己去。”

“可……”

“我刚才很高兴。”郁清岭眼眸低垂，“摔倒的时候很痛，但我很高兴是我站在那个位置,很高兴你离我那么远,没有发生危险的可能性。”

郁清岭额头上的纱布渗透出一点儿血丝，受伤的眼睛肿得很高，颜色暗红，把半张脸牵扯得越发走形，恐怖异常。而剩下的那半张脸上，表情却依旧温和。

郁清岭说：“理智上来说，我知道你出去面对那些人，确实会做得比我好。”

他低声继续道：“但是鹿晓，我也不是时时刻刻都能保持理智的。”

Chapter27 反击

医务室外，校园的保安们围成一圈，曦光小学的行政人员正在安抚余怒未消的家长，场面几度失控，白发苍苍的校长颤颤巍巍地与喧嚣的人群对话。

就在这时，医务室的门开了，一个白色的身影缓步从医务室里走出来，径直走到人群中间。现场分秒之间就起了化学反应，众人顷刻停止了争吵，注意力都集中在郁清岭身上。短暂的僵持。

伤了人的家长们终于心虚了。

寂静中，一直站在外围的人开始往前推挤。一个打扮斯文的女性家长站了出来："郁教授，我们只想要解释，我们的孩子不能健康地生活在这个世界上已经很不幸了，如果真的被你们当成圈钱工具，我们绝对不会善罢甘休。"

新进入内圈的家长们纷纷点头。他们是家长中的冷静派，刚才喧嚣鼎沸的时候他们没有上前，可是现在谁是弱势谁是强势一目了然，他们又回忆起了曾经对这位教授抱过多大的期望与信任。

郁清岭在这凝滞的间隙里抬起头，露出充血的异色眼瞳。

围拢的人群不自觉地向后退让。

"我……不能理解你们带着双关或者暗喻的提问。"郁清岭出口的声音很温和，"所以我只能尽量回答是与否，对于我的回答，我可以保证是真实的。"

郁清岭的目光缓缓地扫过每一个人的脸庞，像是一个机器人，在扫描矛盾激化前的记忆。他在人群中锁定了一个家长，道："不是洗钱。"

目光移动，又锁定一个家长："所有文件齐全，是正规项目。"

锁定第三个家长："是非盈利的公益项目。"

第四个……

郁清岭的表情麻木如初，只是一半脸已经惨不忍睹，带着一丝让人心惊胆战的麻木与冷静。他的每一句话都似乎是有指向性的，又似乎没有，每一次开口他都会用目光锁定一个人，一个个轮转。

人群疑惑了几秒钟，忽然反应过来，他竟然是在按照时间顺序精准地回答每一个人的提问甚至是发泄……刚才的场面混乱成那样，他竟然记得每一个问题。

这时郁清岭却停止了言语，他的目光在人群中搜寻，似乎是难以找寻到目标。人群里开始相互探望，左顾右盼，最后，躲在最外围的一个胖子露了出来——正是刚才那个动手打人的家长。

真是动手快，躲起来更快。众人心里默默生出不满。

郁清岭："您还是应该去检查。"他的眼神微亮，表情如同松了一口气。

靠前的家长忽然发现，就在郁清岭微微低头的瞬间，一滴血越过他的睫毛，滴落在了眼角。然而郁清岭本人好似没有觉察到。

"刚才我没看见是谁问'凭什么相信你会真心帮助自闭症的孩子'。"他抬起头，目光扫视人群，一字一顿道："因为我也是自闭症患者。"

短暂的寂静，下一秒喧闹撕裂了寂静。

什么？自闭症？家长们彼此交换震惊的眼神，不敢相信自己的耳朵。这个年轻的教授，SGC的基因研究项目主负责人，不论怎么看怎么是精英阶层的郁清岭现在说他自己是——自闭症患者？

这怎么可能？

如果他是自闭症……

家长们终于发现了，从对话开始就一直存在的微妙的错位感，他们暴怒，郁清岭根本不做出半点儿安抚和解释，只会用莫名其妙的回答来敷衍。

这样直线的思维方式，莫名的冷静，还有他机械式的回答顺序和笨拙的语言安抚能力……这种状态他们平常在家里会感受到很多次——来自他们自己深爱的孩子。

这的确是自闭症患者的思维特色。

郁清岭……真的是自闭症患者？

如果他真的是自闭症患者，那他们刚才所做的事情……

“天哪……”人群中有人迸发出一声惊叫。

所有人迟迟发现，郁清岭额头上原本白色的纱布已经彻底变成了红色，再不加以控制必会出问题。

可他自己似乎毫无知觉。

他只是发现周围人的表情都很惊恐，他害怕解读错误，本能地回头寻找那个信赖的人，然后，他在她身上看到类似的恐惧的表情。

“鹿晓？”

他想要回到她身边去，还没走两步，忽然眼前一黑。

“郁教授！”

十分钟内，120的车子赶到曦光小学，医务人员把郁清岭抬上担架，火速赶往医院。那时郁清岭已经有些意识模糊，临近急救室之前，却忽然拽住了鹿晓的衣角。

“不要怕。”他说。

含糊的语气，鹿晓却听懂了。她在急救室外面的椅子上缩成一团，看着急救室里的人来来去去。

真正的急救室，根本就不是电视里的样子。

被送进去的病人只会被安排在病房的一个角落里，拉一个蓝色的帘子，她可以在帘子被掀开的间隙看见郁清岭躺在床上的身影，听见心率监控仪发出规律的“嘀嘀”声。

这样的距离，才是真正的折磨。

理智上，鹿晓清楚伤势应该不重，于医生都检查过了，可还是很心虚。

偏偏这时候，她的手机铃声一遍遍地响起，鹿晓翻遍全身上下，终于找到了手机，对面传来商锦梨的声音：“鹿晓，下午一点整，到协科大楼，出席记者招待会。”

“我不能过去，郁教授他发生了意外……”

“我知道。”电话那端的商锦梨声音冷静得很，“医院那边，协科已经派工作人员过去，黎千树也在路上，你必须过来出席记者招待会。”

“商锦梨！郁教授在急救室！”

“鹿晓，你以为协科每天这么多资金耗着在等什么？”

鹿晓一愣，如同当头被淋了一盆冰水，血液开始渐渐冷却。

协科一直在等的是一个机会。郁清岭受伤这个意外虽然未必在商锦梨的计划中，但是它发生了，商锦梨就绝对会把它用在刀刃上。

“对不起。”鹿晓握着手机道歉，“锦梨，我不是故意要吼你，我只是……”

只是乱了阵脚。毕竟协科的人什么都不说，她就像是蒙着眼睛在一片荆棘中摸索。

电话那端商锦梨的声音柔软下来，似乎还笑了笑。她说：“鹿晓，眼泪和坏脾气都是很需要花力气的，我们留到记者招待会上当武器。”

协科的记者会早在一天之前就已经通知到所有的媒体。

基因项目事件经过将近一周的发酵，经历了股市连连跌停，Z大和SGC甚至曦光小学相继卷入这一起事件中，更是在网上被八卦出了一出精彩跌宕的私生活丑闻……舆论浪潮一波接着一波，媒体早就忍无可忍。

似乎就是在事件的高潮刚要过去的时候，协科竟然主动召开记者招待会。

本次到场的不仅有金融圈、医疗圈的记者，还有更多不请自来的娱乐杂志和节目小报记者，他们没有座位，就齐刷刷地站在会场的角落，该有的器材一样不少。

一周的舆论混战就像煮了一锅粥，现在协科等于是给每一家分了一个勺子，还雨露均沾，还有什么比这更让人激动的吗？不论是金融还是娱乐，谁抢到第一勺全凭本事！

协科的记者招待会前半部分中规中矩，准备充分，总助毓见用投影屏向现场的金融媒体、医疗媒体等正式被邀约的媒体展示了关于曦光计划的项目文件：政府审批的项目书、协科与 Z 大 SGC 生化研究所合同文件、曦光计划从开始到时下为止所有批次的资金财务报告、实验主要负责人郁清岭的履历合同，以及他入职之前在国外获得的相关成就认证……

文件多达二十多份，林林总总。

他一面展示，一面讲解。

越到后面越复杂，然而复杂归复杂，却难不倒在场的专业人士。他们能从这一份份的文件里看出来——曦光计划是一个完全正当的、正常的科研项目，铁证如山。

总助毓见戴了一副眼镜，西装袖口一丝不苟，他的声音如同他的外貌一样，稳稳地传达到会场的每一个角落："事件爆发距离目前总共七天零 21 小时，为了配合相关机构单位对协科和曦光计划的审查，也为了能给诸位一个明确的交代，所以我方才隐而不发，希望大家可以理解我们对本次事件的谨慎对待，毕竟我们不希望解释说'将会配合调查'。"

底下相机闪光灯连成一片。

毓见的话音刚落，已经有成熟的记者低声笑出来。

确实，这类事件很多企业都是第一时间召开记者招待会澄清事实，并且强行公关网络，按下舆论的苗头稳固住股价。

然而所谓的"澄清"，真正能澄清的却没几个。"将会配合调查"只不过是类似"我不承认"的另一种说法罢了，当然，也是因为大部分"相关机构"效率比较惨淡，不可能在短时间内予以明确答复。

协科这一次的应对很非主流，他们任凭舆论恶化股价大跌，同时能够让"相关机构"以如此高的效率完成检验，这几乎是在用真金白银压反转。

事实证据展示完毕，就是协科记者招待会，主角登场的时间。

以秦寂为代表的协科高层在台上就座完毕，面向所有的记者微微示意，招待会正式进入了提问流程。

记者们一个接着一个提问，协科方应答如流，有理有据。

就在所有人都快要进入困倦模式的时候，一个瘦小的身影从台下磨磨蹭蹭地走到台边，随后在毓见的示意下走上台，紧张地走到秦寂身边。

那是被安排迟到一步到达的鹿晓。

她刚刚落座，就感觉无数刺眼的目光落在身上，脊背瞬间僵直。

这个人是谁?

座位上的记者们面面相觑，小声议论，大厅后面站着的八卦记者们已经炸开了锅。

绯闻女主角?

会场里如同放进了一万只苍蝇，“嗡嗡嗡”地喧闹不停。

毓见做了个压声的手势，微笑道：“有问题请举手示意。”

短暂的静默后，第一个记者举起了手。

毓见扬手示意。

那名记者站起身来道：“你好，我是《金融快线》的记者。关于资质和合法性我方已经没有疑问，但是贵司对鹿晓小姐名下的蓝象工作室似乎还没有明确的解释，这笔款项究竟是明面上的还是暗处的，能对这个做出解释吗？”

记者目光如炬，直戳台上的鹿晓。

鹿晓紧张得直冒冷汗：“蓝象是一个做游戏的工作室，我们打算用他们开发的游戏来辅助曦光实验的完成。”

记者又问：“那请问，您是以什么身份去做蓝象工作室的法人的呢？”

鹿晓刚要开口回答，秦寂的手落到她的肩膀上，轻轻按压。

秦寂微笑道："这位记者不要拘泥于专业问题，我知道你是想问，我是不是'掷千金为美人一笑'了。"

底下的记者一愣，纷纷笑了出来。秦寂果然是个不按常理出牌的人。

"这只是坊间的一个玩笑话。"秦寂站了起来，站在鹿晓身后，对着台下正色道，"向大家正式介绍一下这位女士。鹿晓，我父亲的投资公司'博行'重要客户之一，并且持有博行股份。诸位如果仔细看过协科的股份分权明细，应该知道'博行'是协科的控股方之一，而曦光项目是她的名下资产在'博行'下的定向投资。"

秦寂道："简单说来可以这样理解，鹿女士是协科项目的投资人之一。"

秦寂悠悠道："剩下的，还需要解释吗？"

底下的记者们一片哗然。

金融圈和八卦圈毕竟相隔甚远，他们只知道鹿晓是秦寂的绯闻对象，谁能知道这样一个年轻女性竟然是协科的母公司的股东之一呢？

站在台上的鹿晓的心理活动极其颠覆。

秦寂的说辞绕了一个大圈儿，好像都合理，但其实又不是那样。她确实有一笔钱在秦寂的父亲那里，但其实并没有那么复杂……

鹿晓有点儿晕，又小心地回答了几个问题，金融圈记者的提问热情终于过去。

记者会进入尾声，渐渐有人开始退场。会场远处的八卦记者们澎湃的心绪已经压抑不住，一个记者在提问的空当里喊："鹿小姐，郁教授为什么没和您一起来？"

这个问题……

鹿晓略微思索，回答："郁教授他今天身体不适。"

这回答听起来很敷衍，不过相信过不了多久，曦光小学的冲突就会传遍整个网络了。到那时候，留给商锦梨他们的操作和引导的空间会很大。

果然，八卦区记者们并不意外的样子，其中一个人迅速转换了提问方向，趁着人群推搡向前的时间：“那你跟秦寂先生到底是什么关系呢？”

鹿晓的心陡然一紧。

这是迄今为止，她最不想被人拿出来当作谈资的事情，却也是商锦梨在上台之前千叮咛万嘱咐要回答好的事情。

鹿晓深吸了一口气，对着已经开始散场的人群，用平稳的语气回答：“我的父母很早就过世了，在我十八岁之前，秦寂的父亲秦洋先生是我在法律上的监护人。”

偌大一个会场，悄无声息。退场的记者全部都停下了脚步，回头望向台上。

这就是真相吗？

单薄的女孩子站在空旷的会场里，身体绷得笔直。明明她的脸上没有悲伤，声音也没有哽咽，可是，怎么看起来有点儿可怜呢？

Chapter28 舆论战

与此同时，网上的舆论一触即发。

记者招待会结束之前，“鹿晓，曦光绯闻女主角”关键词忽然空降热搜排行榜，与此同时，一篇名为《协科记者招待会曝惊天反转》的简讯占领了热门话题的榜首，吸引无数目光。

简讯里其实没有实料，只有一张照片。

照片里，一个瘦削苍白的女孩站在台上，她的身后站着一个高大的男人，男人一手握着话筒，一手搭在她的肩膀上，把她整个人搂在怀里。

眼尖的网友飞快辨认出来：“那个是协科的总裁秦寂吧？这是要承认恋情吗？”

更多的网友则是带着疑问把照片放大看了个清楚，到末了，终于有人在硝烟弥漫的话题里问道：“只有我一个人觉得，看起来好像……不是情侣吗？”

饱经风雨的网友，已经嗅到了一丝不安的气息。

他们开始沉默，静待时间发展。因为那张照片看起来确实有点儿诡异——明明是极其亲近的姿态，看起来却没有半点儿粉红气场。不要说是“关系匪浅”了，哪怕真是情侣，这坦荡得也有点儿太过诡异了。

可如果他们不是情侣，还能是什么关系呢？

记者招待会结束后，鹿晓马不停蹄地赶去了医院。

病房没有开灯，整个房间笼罩在一片暗色下，只有心率监测仪的荧光成了室内唯一的光源，静静地照射着床上那个单薄的影子。

鹿晓在房间门口踟蹰了一会儿，一时间不知道该不该踏进去打扰。正当她茫然时，身后有人拍了拍她的肩膀，带她走出房间。

“于医生？郁教授他……”鹿晓急躁开口。

于医生道：“别担心，只是轻微的脑震荡。”他朝远处的病房探望一眼，叹息道，“不过他太需要休息了，所以医生给他配了一点儿安眠的药剂，让他好好睡一觉。”

鹿晓不由自主地点头。

这几天来，郁清岭采用的都是一种叫“达芬奇睡眠法”的休息法则。每隔三四个小时休息十五分钟，能让人体在极限状态下长时间地劳作而不用分白天黑夜。可是这样的工作法应该也是有极限的吧？

鹿晓问：“他会睡多久？”

于医生道：“一般来说是六个小时。你可以先去……”

鹿晓小声道：“没关系，我等一等就好了。”

于医生叹息：“那你也要注意休息。”

鹿晓点了点头。

其实她哪里敢休息，她的身体里现在还充斥着记者招待会上的激荡。等于医生一走，她就在走廊上找了个椅子坐下，掏出笔记本，打开一系列资讯平台。

资讯平台上相关新闻还不多。距离记者招待会结束刚好三个小时，传统媒体的传播效果至少要等到晚上，绝大多数要等到隔天，因此，大家一般会为了抢占消息而先用公司的官博营销号进行路透报道。

鹿晓搜索了一圈，最后打开微博。

微博完全是另一派景象。

“郁教授”相关话题下，自称是协科记者招待会的“酒店工作人员”把几段模糊不清的偷拍画面放到了话题里，引起了各路网友放大镜式的围观。

画面是偷拍的，很模糊，关键性话语却录了下来。

晃动的画面里，鹿晓只有一个模糊的影子，却可以看得出她很紧张。小小的单薄的身子，低垂的脑袋，声音细小、胆怯，有些无法辨别，看起来可怜得很。

半个小时后，技术帝还原了现场的声音。

画面中，绯闻女主角鹿晓说：“我的父母很早就过世了，在我十八岁之前，秦寂的父亲秦洋先生，是我在法律意义上的监护人。”

只这一句话。

足够在微博上掀起轩然大波。

“根本不是情侣！是法律意义上的兄妹！”

“之前信誓旦旦地说看见人家行为不检点的人呢？”

“说好的拜金女加脚踩两条船呢？”

这几天来，“郁教授”话题里的教授粉们早就被恶评大军冲刷得不敢讲话，现在终于得到了一点点喘息的力气，开始一点点地冒头。

“有人能打听到记者招待会的内容吗？应该有正经内容的吧？”

“毕竟是协科的官方记者招待会，又不是明星澄清恋情……”

“对啊，其实我还是无法相信郁教授会是个坏人……”

舆论规则一：世界上没有不透风的墙。

舆论规则二：料，要让网友一点点亲手挖，给他们最大参与感才能激发出最大热情。

商锦梨举办了一场根本就是漏洞百出毫无保密措施可言的记者招待会。很快，各式各样的“路人”“保安”“服务生”的朋友圈被兴致高昂的网友们挖了出来，各路消息七拼八凑几乎还原了招待会的现场。

——曦光项目已经经过官方机构认证，手续齐全，完全合法！

——身陷“绯闻”和“金融渎职罪”的女主角鹿晓，竟是协科母公司博行的股东！

开什么国际大玩笑？

然而怀疑的种子像病毒一样蔓延，又过了两个小时，H 市电视金融频道的官方媒体发布了一则现场采访。

协科总助毓见代表协科官方答复记者提问，确认了鹿晓确实为协科母公司“博行”的股东之一。

官博竟然盖章了。

网友集体崩溃。

医院的走廊里，鹿晓跟协科的公关部成员保持着联系。

鹿晓的工作主要是用自己的文笔所长，把她知道的知识折换成最通俗易懂的浅显文字，一点点把公关部的信息埋进硝烟密布的网络世界中。

没有理论延展性的舆论是粗暴而又短暂的，比如明星出轨，一经爆发，除了全民找碴、找证据，就只剩下无尽的诽谤和谴责，等到双方声明一发，这瓜也吃得差不多了。而在全民八卦桃色新闻的时候，协科的文案组已经悄悄埋下后续的引燃点：

自闭症究竟是什么样子的？

曦光项目在做什么？

全球的自闭症研究进程走到了哪一步？

以及更为敏感的——陆天倾究竟是不是“变态”。

这些问题现在丝毫不引人注意，因为全民都沉浸在发掘八卦的热情中，但是在吃瓜群众“瓜凉茶尽”后，局面会大有不同。

未来，协科需要更加持久的话题度，来弥补丑闻带来的负面影响。而法律、人情、社会规则、人文关怀会带来高质量的争论点，引发更重要的话题，这些综合起来，会让协科的股票能够有足够多的时间慢慢回升。

对于协科公关部和鹿晓来说，这都不是一次澄清，这是一次绝地反击。

医院的椅子并不适合办公。

鹿晓一直低垂着头敲击键盘，不一会儿，颈椎就疼得厉害。她左顾右盼，确定这层楼没什么医务人员和家属会走动，干脆把笔记本放在椅子上，自己席地而坐，把椅子当成一张临时办公桌。

不知不觉，时间流走。

文科之魂彻底觉醒的鹿晓打字正酣，开足十成十的马力光速敲击着键盘，最后一击回车一气呵成。她伸了个懒腰，却不想，指尖在空气中遇到了阻碍——她好像戳到了什么东西。

鹿晓彷徨回头，才发现身后站了个人，顿时起身道歉："对不起对不起，我没看见您……"

她保持跪坐姿势太久，一站起来，痛得眼泪差点儿出来。

站在她身后的是一个衣着优雅的中年女人，对着鹿晓温和道："是我没有出声。"她看了一眼鹿晓瑟瑟发抖的腿，"小姐是在工作吗？"

鹿晓红着脸揉腿："嗯，工作比较忙。"确切说是比较烦人……

"地上容易着凉。我儿子的病房里有一张书桌，你可以到那里办公。"

鹿晓摇头："不用不用。我要探望的人也在这一层……"

"真的不用吗？"

这位中年女人有一双温柔的眼睛，一笑起来，眉眼间就会出现细细的笑纹。

鹿晓在她的目光下莫名地难为情，于是手忙脚乱地把刚才乱涂乱画的草稿和笔记本一股脑塞进包里，匆匆朝女人笑了笑道别："谢谢您，我已经完成了，马上就走了！"

算算时间，已经过去三四个小时，离预计的时间还有不到两个小时。鹿晓在经过郁清岭房间的时候放缓了脚步，踮着脚尖，朝窗口望了望。

病房里依旧一片漆黑，什么动静都没有，郁清岭显然还没醒。

鹿晓在病房门外绕了两圈，只觉得肚子空空，果断决定下楼觅食。

她没有看见的是，就在她在郁清岭的房门口张望的时候，站在她身后的中年女人脸上露出了诧异的表情。等她进了电梯，中年女人才掏出手机拨通了一个号码。

"喂，于医生吗？我是宋雅。"中年女人笑起来，"对，我回国了，不放心就来看一看。"

她的目光落在鹿晓消失的方向，温婉的眼睛里流过一丝异样的光芒。

"有件事情想问您。"中年女人笑起来，"我在医院的走廊上，看到一个女孩子。"

鹿晓在附近的咖啡厅点了一份简餐，一顿狼吞虎咽，一天的惊慌总算是平定了一点点。那时，距离郁清岭的基础睡眠时间还有一个多小时。

鹿晓的手机铃声忽然响起来。

电话接通，林简的声音响起："鹿晓，经济频道在放协科记者招待会……"

鹿晓微微诧异：传统媒体效率还挺快……

"啊——"电话那端的声音忽然切换成了男声，发出惊天动地的喊声。

鹿晓："是瓶子吗？"

瓶子在电话那端兴奋号叫道："鹿老板！本来我以为你只是个任性的土豪，结果你真的有皇位要继承啊！来吧，伸出您粗壮的大腿，小的一生一世跟你混！"

鹿晓已然无语。

电话里发出一阵喧闹，林简脆生生的声音重新响起："鹿晓，你应该很忙，我长话短说。就两件事，第一，我们的游戏雏形已经完工，1.0版随时可以测试；第二，我这几天在天倾所在医院打听了一下，天倾今天下午已经出院回 H 市了。"

林简的声音渐远："喂，你们轻一点儿，别真压骨折了，再找个程序员很贵的。"

林简重新回归："听说在天倾住院期间，有很多律师往来病房。根据不可靠消息，天倾的母亲可能会带天倾去你们当地报警，我想提前出院跟这个也有关系。你们要小心。"

鹿晓闻言一震。

她很快反应过来，对着电话真诚道："谢谢你，林简。"

自从蓝脚工作室变成蓝象工作室，她其实只发过一个月的工资，就连办公室也是最近才装修完毕。可是就是这样一个新建立的小团队，却在曦光事件乱成一锅粥的时候，毫不犹豫地站在她身旁，就像他们已经是很久很久的搭档，对彼此深信不疑。

“客气了。”林简在电话里咬牙，“是我们要谢谢你，把我们从之前的地狱项目组带出来。”

“噗……”鹿晓忍不住笑出了声。

她对林简的印象还停留在那个柔软的肩膀扛起一票不成熟的程序员的小女孩，只记得她做事比长相要干练许多。

“等事情结束了，来H市聚餐吧，土豪请客随便吃！”鹿晓想了想，许了个最实际的诺言。

Chapter29 陪护

鹿晓打包了一份粥回到医院。

夜晚的医院实在太安静，鹿晓的鞋跟不可避免地发出声响。她每走一步都心惊胆战，像是游走在海边的火烈鸟，活生生把光洁的大理石地面踩出了沼泽地的感觉。

正当她深一脚浅一脚地前行的时候，迎面又撞上了之前那个打扮斯文的中年女人。中年女人把鹿晓的古怪模样尽收眼底，先是一愣，倏地又露出一丝耐人寻味的表情。

鹿晓忙道："对不起，我没有想到高跟鞋声音那么大，所以……"

中年女人的目光先是落在鹿晓的高跟鞋上，很快就转到了她的眼睛上："医院晚上原本就安静，而且这一层住的人少，没关系的。"她看了一眼鹿晓手里的粥，问，"给病人的粥？"

"嗯。"鹿晓点头。医院的食堂早已关门，想到郁清岭睡了漫长的一觉，应该已经饥肠辘辘，她刚才特地去外面买了一份清淡的粥。

"给男朋友的？"中年女人问。

"嗯。"鹿晓不好意思地笑起来，只是觉得有些异样，却又有些捉摸不透。

中年女人的眼里闪着鹿晓不明白的光。她抬起手腕看了看时间，眼中的光芒越发难以捉摸。"病人晚上喝点儿粥，确实是很好的。"她说，"我先回家了，今晚要麻烦你了。"她的话音刚落，就与鹿晓擦肩而过。

"嗯，嗯？"

鹿晓带着一肚子狐疑，数着门牌号走到郁清岭的病房。她看见门缝透出来的温暖的光亮，顿时，多余的情绪都消散一空。

她轻轻推开门，门缝里的光顷刻间洒在她的手腕上。

病房里，郁清岭果然已经醒了。他的头上裹着厚厚的纱布，身上套着一件宽松的病号服，正倚靠在病床上，手里捧着平板电脑，聚精会神地操作着，俨然已经进入工作状态。

“郁教授……”鹿晓小声开口。

郁清岭抬起头，看见局促地站在门口的鹿晓，顿时整张脸透出了亮色。

“鹿晓。”郁清岭露出微笑，语气带着显而易见的小惊喜。

“您怎么样？”鹿晓放下手里的粥，凑近去看他的额头。她一凑近，就能闻见淡淡的血腥味混着药水的气息，顿时又记起上午的惊险场面，心也跟着哆嗦。

郁清岭乖乖地坐在床上，一动不动，任由鹿晓靠近，拨开他凌乱的刘海。鹿晓今天穿了一条细花连衣裙，此刻那些繁碎的小花就在他眼前缭绕，太近了……他也有一点点无措。

这并不是反感，也没有不习惯。

郁清岭沉着地分辨其中微妙的区别，越是感受，越发觉得有一丝陌生的焦躁正在身体里蔓延。特别是鹿晓的身上带着一点点微妙的热气，明明若有若无，抓不住却仿佛能闻见。

“郁教授？”鹿晓查看完毕伤口，直起身子。

随即，那些微妙的触觉渐渐远去，郁清岭有一点儿失落。他决定挑个刺，于是看着鹿晓的眼睛道：“不是说好，不说‘您’吗？”

“好。”鹿晓觉得一时半会儿很难改。

郁清岭沉默一会儿，得寸进尺地道：“也不要叫郁教授。”

鹿晓一愣：“那叫什么？”

郁清岭也跟着发怔。他确实没有想过这个问题。在日常生活中所有人似乎都称呼他为“郁教授”，或者“郁清岭”，在家里……他想象出鹿晓叫“清岭”的模样，发现其实比郁清岭也好不到哪里去。

他在发呆？他竟然也有想不通的事情吗？

“那个……要喝粥吗？”鹿晓换话题。

“嗯。”郁清岭答。

鹿晓拆了粥，试了试温度，舀了一小勺粥送到他嘴边。她原本以为郁清岭会挣扎，毕竟作为一个男人，被人喂可能会有损尊严，不过没想到郁清岭顺从地张口，咽得很干脆。

鹿晓被萌到了。

其实鹿晓原本还有点儿生气，他早晨的行为太过鲁莽，可是看着他的样子，多少郁闷也都烟消云散。她就这样一勺一勺地喂着听话的郁清岭，直到那碗粥见了底。

鹿晓带着欢畅的心情打算把空碗扔掉，却发现垃圾桶里已经扔了一份外卖的包装盒。

“你……吃过晚餐了？”鹿晓干巴巴地问。

郁清岭点点头。

“那刚才那份粥……”没把你撑着吗？

郁清岭眨了眨眼，睫毛在眼下投射出一片淡淡的影子，露出罕见的心虚表情。

这个笨蛋。

鹿晓扔了外卖盒，坐到他的床边，想要伸手戳戳他的胃，却没有想到，郁清岭抢先一步握住她的手。他笑起来睫毛弯弯的，眉眼间还带着一丝小得意，两只手指钩住了她的食指和中指，还轻轻晃了晃。

鹿晓顿时血液上涌，面红耳赤。

今时不同往日，她现在知道，这是郁清岭理解的亲吻的意思。

在他还没有表白之前，她就已经这样被“亲吻”了很多次，她本人却一无所知——被莫名占便宜好久的鹿晓同学此刻还有一点儿牙痒。

鹿晓盯着郁清岭一脸满足的表情，顿时恶魔上心头。她反手钩住他的指尖，俯身向前，对着他还泛着晶莹的唇轻轻贴了上去。

郁清岭的身体一僵，本能地向后退，却撞上了身后的床板退无可退。

接下来应该怎么做？

菜鸟鹿晓感觉自己庞大的理论知识库无法转化成实际，理论上女方应该娇羞地瘫倒在男方怀里，可是……

僵持的几秒钟如同几个世纪。鹿晓松开了手。

郁清岭有一点儿呼吸不畅，眼神却比任何时候都要明亮。“鹿……”

“很晚了，我回去了！”鹿晓一把抓起背包，仓皇败走，“对了，协科已经开过记者招待会了，接下来应该会有相关措施，所以你不用担心了，你晚上别工作了，我明天再来看你，今天就先这样吧，你好好休息！”

不等郁清岭有所反应，鹿晓已经夺门而出。

冲动是魔鬼啊！踩着高跟鞋的鹿晓在走廊上捂脸狂奔。

两分钟后，鹿晓走到了走廊的尽头。

电梯就在距离她五米开外的地方，可是就在她和电梯之间赫然横亘着一道锃光发亮的铁栅栏。上面还挂着一个牌子，上面清晰写着：**住院部探视时间：7:30—21:00**。

鹿晓终于明白过来，那个斯文的中年女人那句“时间不早了”是什么意思。

她后悔得想要挠墙：为什么要作死去调戏郁清岭？现在她还有什么脸回病房？

鹿晓在走廊上来来回回，确定整个住院部楼道像是一个囚牢，绝对没有出口，终于，还是死心地折回到郁清岭的病房门口。她叩响房门，感觉自己像虚弱的骆驼。

“你回来了。”郁清岭说。

“嗯。”鹿晓的声音细若蚊蚋。

“廊道的门关了？”郁清岭问。

“嗯。”心虚的鹿晓回道。

郁清岭的脸上已经看不出半点儿刚才的狼狈，他的目光在病房里转了好几圈，落在沙发上，然后他掀开被子，从柜子里找出一床毛毯，放到沙发上，自己在沙发上坐下。

“不用了！你是病人！”察觉到郁清岭的意图，鹿晓慌忙阻拦。

郁清岭道：“我睡了很久了，多余的睡眠会对身体造成负担。”

“可是……”

“洗手间在那边，”郁清岭伸手指阳台方向，“不过，储物柜里有一次性洗漱用具，但是没有换洗的衣裳。”

“好。”

鹿晓清楚，郁清岭并不是那种懂得人情往来的性格，一旦做出决定，其实很难更改。她顺从地去洗手间，简单洗漱一通，出来时才发现病房里已经关了灯，只留了一盏小夜灯。

郁清岭就坐在沙发上，手里握着平板电脑，像是在看书。

鹿晓脸上还是有点儿发烧，于是轻手轻脚地爬上病床，拉起被子盖住自己的脸。

过了一会儿，郁清岭把小夜灯也关了，整个房间瞬间进入一片黑暗。鹿晓缩在被窝里，呼吸打在温暖的被子上，一点点地吹拂着她的睫毛，明明很安静，却又莫名觉得旖旎。

大概是——刚占过便宜……

文学博士鹿晓自暴自弃地想。

她盯着沙发上那个安静坐着的轮廓，内心深处隐隐约约忍不住好奇，这样的夜里，他在想什么呢？他也会回想刚才那个手忙脚乱的吻吗？

鹿晓后知后觉地想起了郁清岭的“八千万细菌交换论”，顿时更焦躁了。

他会反感吗？

明明疲乏到极致，鹿晓却难以入眠。翻来覆去八百遍，她试探性地出声：“郁教授？”

“嗯。”寂静中，清醒的声音。

鹿晓捂着脸，豁出去地道：“刚才……肯定不到八千万的细菌交换。”

文学博士鹿晓用可怜的知识做理论支撑，“顶多四千万，不，可能只有两千万。好了我睡了，晚安！”鹿晓不等郁清岭回答，蒙上被子。

这下心安了，不一会儿，她就进入了梦乡。

宁静的夜。

郁清岭坐在沙发上，听见鹿晓的呼吸渐渐均匀。他知道她已经睡着了，如果此刻有照明，他大概可以看见她微圆的脸和柔软的表情，不过即使一片黑暗也没有关系，他可以靠想象看见她。

毕竟他以前时常会在她午睡的时候悄悄看上几眼。

只是那时候，看见她，只是觉得心安。而现在……

郁清岭低垂目光，伸手触了触自己的嘴唇。这是第一次，以这样的距离触碰到她。和指尖与指尖的触感完全不同，只是轻轻一碰，就好像……身体里的所有情绪都汇聚成河流一样，每一个毛孔都好像在战栗与兴奋。

他其实不是怕多余睡眠对身体造成负担。

他只是单纯的，兴奋得……睡不着。

Chapter30 墨菲定律

鹿晓一觉睡到天亮，舒服得全身上下的每一块骨骼肌肉都好像被重新清洗过一遍一样。

那时郁清岭已经坐在窗台下的写字台前，正聚精会神地在纸上书写着什么。鹿晓盯了一会儿，只觉得汗颜。

她其实睡眠很浅，竟然完全没有被吵醒——这家伙，属猫的吗？

“郁教授。”鹿晓沙哑着嗓子开口。

郁清岭从座位上回头：“睡得好吗？”

“好。”只要昨天那一页翻过去，一切就都好。鹿晓暗暗地想。

郁清岭好像已经把那一页翻过去了。经过将近一天一夜的休息，他脸上的青灰色褪去，整张脸已经恢复白皙，葱白的指尖握着笔，正飞快地在纸上跃动，显然已经进入工作状态。

鹿晓简单地洗漱了一下，也在沙发上找了个位置，打开自己的笔记本。

虽然协科扔了一颗她的身份炸弹，但是她知道，事件远远没有结束。

她打开之前收藏的主流资讯平台，果然，经济、医疗等频道已经有了这次事件的官媒报道。报道大致上分成两类，一类是关于协科的金融风波带来的影响，一类则是以深度调查形式，对“鹿晓”这个人进行了掘地三尺的调查。

于是她年幼的照片、十岁那年父母车祸的新闻，秦家多年来对她父亲留下遗产的打理方式，乃至她名下资产的增值情况都被攒齐成了一张年历表，详细地列明了这些年她的境遇。

鹿晓感觉自己是在裸奔。

唯一值得安慰的是，最详细的那篇报道在一个根本没有人会关注的金融板块深处。

鹿晓关掉资讯平台，打开社交媒体，熟练地进入“郁教授”话题。

这边的战况要比冷僻的金融资讯平台热闹得多。昨夜，H 市民生频道晚间新闻播出了曦光小学的动乱。许久不看电视的网友们第一时间没反应过来，等到第一个网友把视频传上网，已经是凌晨一点钟。就算如此，视频还是被转载了近万条。

——郁清岭是自闭症患者？

很多人直到现在才意识到，还有什么比这更能让人怀疑他对曦光项目的纯粹心吗？

视频里，郁清岭被愤怒的家长一拳砸中了眼睛，场面一片混乱。随后几秒快进，包扎完毕的郁清岭被围在人群中，殷红的血从纱布里渗出来。

明明伤口狼狈不堪，他却仍然一字一顿地认真地在向家长们解释。

话题里，有人冷笑："这算是博同情吗？黑心教授作什么秀？"

几分钟的工夫，那条评论就被回复炸了。

愤怒的郁教授粉气得跳脚："这叫作秀？你作一个试试！"

有人发出协科记者发布会的视频："快醒醒吧！昨天记者招待会已经出新闻了！协科和 SGC 的合作完全合法，曦光项目确实是公益项目，说黑心教授的你们是瞎了还是聋了？"

评论中，更多的是发着哭泣表情的小姑娘："他一直在用力解释，流了那么多血，却没有人听见……"

当然也有理中客。

"项目合法只是代表不违背法律，但是如果郁清岭真的用洗脑的方式在控制自闭症患者，这还是有悖伦理吧？"

"总不能为了让自闭症患者有所好转，就让人去做异装癖吧？"

场面虽然一片混乱，然而很明显，情况已经渐渐好转。

虽然仍有人上蹿下跳地发布恶评，数量却明显变少了。

网友们开始主动去了解曦光计划自身的操作流程。一旦他们开始涉足这个领域，就会踏进鹿晓早就准备好的"争议性话题"里。

早晨七点半，黎千树推开病房，看见的是鹿晓与郁清岭各自抱着笔记本专注的模样。

彼时鹿晓坐在沙发上聚精会神地看电脑屏幕，她的手指在键盘上飞快跃动；郁清岭则是背对着鹿晓，在不远处的写字桌上忙碌，两个人谁也没搭理谁，各自忙着手头的工作，自然而然地处在同一个空间里。整个病房安静得只剩下呼吸。

黎千树脚步微滞，脸上露出诧异的神色。

好久，他才放松下来，朝着聚精会神的两个人打了招呼："嗨。"

沙发上的鹿晓听见声音，吓得浑身一怔，飞速掏出手机看时间，看见屏幕上的数字刚刚越过 7:35，顿时小脸以肉眼可见的速度变成了赤红色——黎千树显然是在楼道口等着门开，那一早就在病房里的她很显然是昨天晚上没走……

"黎师兄……"

郁清岭回过头，朝黎千树点了点头道："你来了。"

黎千树左看右看想找个地方坐下，写字桌和沙发都被占了，于是叹了口气，坐到病床上："这几天我一直被商锦梨拖着在协科加班，所以昨天晚上没来得及过来看你。"黎千树的目光落在鹿晓身上，"不过现在看来，还好没来。"

郁清岭显然没听懂黎千树的言外之意，露出疑惑的神色。

黎千树就坐在床上，眉宇间哀怨一片。

如果可以，鹿晓想要当场变成一只鸵鸟。

虽然这里没沙子，可至少鸵鸟不会脸红。

"我去楼下食堂买点儿早餐，"鹿晓准备逃窜，"黎师兄你吃过早餐了吗？"

"别急，有正事。"黎千树慢条斯理，脸上浮夸的表情渐收，"目前协科官方层面的辟谣已经完毕，公关公司也开始在网络上处理相关事宜，不过我们还没有解决麻烦的源头。"

鹿晓的脚步停滞。她想了想，道："陆女士和天倾。"

黎千树道："对。媒体圈有人传话，有人约了很多民生记者，下午两点在 H 市公安局门口等拍陆女士报案。"

鹿晓犹豫道："但是应该，不会立案？"

黎千树笑了："立案与否是问题吗？"他悠悠道，"法律问题从来不是我们的主要问题。协科的竞争对手可能只是想让协科的股价跌穿地心，所以只要陆女士还在闹，股民就会对协科失去信心。"

鹿晓问："锦梨说过……我们该怎么应对吗？"

黎千树道："就是她让我顺道问问你们，对报案有没有对策？从她的角度看，只能靠后续公关了。"黎千树叹了一口气，"我们总不能阻止她去报警吧？"

鹿晓沉默了。

真去阻止了，恐怕又会被解读成黑心公司"威逼利诱"受害者的故事吧？

不论是否澄清，不论是否有法律依据，一旦出现在公众的视野里，两分痕迹需要八分反转才能洗刷——这个世界上最不公平的大概就是舆论了。

黎千树走后，鹿晓下楼去医院的食堂买了早餐。两个人一边吃一边想对策，直到最后筋疲力尽，也没有想出能化被动为主动的方法。

鹿晓知道，事态已经进入倒计时，每一分每一秒都在不断地靠近陆女士报案的时间。可是她就像泄了气的皮球，瘫倒在沙发上。

"鹿晓。"郁清岭低声叫她的名字，欲言又止。

"我没事。"鹿晓浑浑噩噩地支起身子，知道不能给郁清岭增加困扰，勉强解释，"我是在想陆女士要报案的事情，有点儿累……"

其实何止是累，她现在的脑袋就像是死机了。

郁清岭坐到她的身边："人群的社会心理是非常复杂的，这并不是我擅长的领域，不能给你建议。”他沉默了一会儿，低声道，“不过我知道，心理学上有一个法则，叫墨菲定律。”

鹿晓支起身体：“墨菲定律？”

郁清岭：“墨菲定律是概率学和心理学交叠的一个规则。当你去预算所有的事情时，你越是害怕出现某件事情，那件事终将发生，而且事情总往坏的一方发展。”

鹿晓越发不安：“你的意思是说，陆女士去报案，将会带给我们最害怕的结果吗？”现在所有的局面都在好转，难道会急转直下？想到这里，鹿晓更焦躁了。

郁清岭伸手撩开她的刘海，抚平她的焦躁情绪。

他说：“比起我们，陆女士更是主动方，墨菲定律更容易应验在她那边。”

这是什么诡异说法？

用自然法则推算出客观事物发生的概率，这压根就是玄学吧？鹿晓感觉自己的脑袋又不够用了。

郁清岭看着她呆滞的模样，忽然笑了起来，换了个方向解释：“如果不知道我们能做什么，或许可以从陆女士最害怕什么入手。”

电光火石间，鹿晓的脑海里闪过一个匪夷所思的念头。

陆女士最害怕什么呢？

鹿晓替郁清岭办理了出院手续，在路上给商锦梨打电话。

商锦梨听完她的建议之后笑得气喘吁吁：“你想去现场看天倾？鹿晓，你这是特地送新闻上门慰问一线记者吧？绯闻女主送温暖？嫌热闹不够大吗？”

鹿晓心虚地缩了缩脖子。确实，这几乎是吃力不讨好的事情。

协科好不容易澄清了法律问题，舆论也在渐渐地向积极的方向发展，这种情况下，不论是协科还是SGC，目前最好的处理方法其实是让新闻渐渐冷却，而不是贸然再出手，反而是为对方的闹剧添油加醋。

“不行吗？”鹿晓小声道，“这个其实不是我想的，是郁教授想的，说是墨菲定律的逆向思维。”

“嗯？”电话那头的商锦梨忽然沉默，过了一会儿，她道，“你等会儿，我和公关部开个会，十五分钟后回你电话。”

“喂！”

前后态度差别要不要那么大啊！

Chapter31 报案

墨菲定律讲，事物往往会朝着你所预算的不好的方向发展。

比如，一个盒子里有两颗糖果，其中一颗是坏的，你随手去抓，那么抓到坏糖果的概率往往是大于 50% 的。自然万物，往往会逆心而生。

对于陆女士来说，她要去公安局报案，她最害怕的当然是报案过程不顺利。尤其天倾并不是一个能被控制的孩子，可他恰巧又是案件的当事人。

现场早就已埋伏下多家媒体，那些媒体未必会顺着她希望的方向去报道。

如果天倾现场失控呢？

协科公关部的紧急会议持续了半个小时，半个小时以后，协科总助毓见亲自驾车前往医院，接鹿晓和郁清岭前往 H 市公安局。

在那之前，鹿晓和郁清岭已经在住院部门口等了一会儿。来来往往的人不断投来好奇的目光，鹿晓连忙抓着郁清岭的手，把他塞进车里，关上门，这才松了一口气。

驾驶座上的毓见看了一眼后视镜，笑道："商女士让我准备了墨镜，就在你们的座位中间。"

墨镜？鹿晓翻翻找找，果然发现了一个小布袋。下一秒她的手机铃声响起。

"鹿晓，目前有消息说陆女士已经带着陆天倾到达 H 市公安局，现场聚集了不少看客和记者，你们去的时候记得把墨镜戴上，如果他们没有发生意外，你们就尽量低调。"

工作状态下的商锦梨做事雷厉风行。

鹿晓不由自主地挺直了脊背，问道："那如果出现意外呢？"

商锦梨像是在电话那头笑了一声，她说："她既然选择兵行险招，当然要承担墨菲定律的风险，又不是我们逼她的。"她的声音悠闲得很，气息却莫名带着一丝冷厉。

鹿晓只觉得脊背凉飕飕的，惶惶然间，忽然感觉手背上的一抹冰凉。

“别担心。”郁清岭眉眼温柔，指尖钩了钩鹿晓的指尖。

鹿晓一怔，昨晚的那些凌乱记忆顷刻间涌上脑海，于是脑袋“嗡”地炸了。

郁清岭却忽而转头望向窗外，他道：“快到了。”

鹿晓的心狠狠颤了颤，她看见H市公安局的门口，已经聚集了密密麻麻的人群，黑压压一片，气氛令人窒息。

郁清岭和鹿晓选择在公安局一旁的路口下车。

鹿晓戴上墨镜，挽着郁清岭的胳膊，装成是一对路过的小情侣，好似不经意地向人群靠近。随着他们越走越近，身边人的议论声也渐渐入耳。

“你们围着做什么呢？”

“前几天的新闻你没有看？有个教授为了治自闭症，给人家孩子催眠洗脑，搞得人家小男孩喜欢穿小姑娘的衣裳了！”

“真的啊？”

“这不，孩子妈妈急了，前脚刚刚把孩子从精神病院接出来，后脚就送到公安局来报案了。公安局都还没开门，老早就等着了。”

是公安局门没开吗？

恐怕是想在公安局门口等上半个小时，能够聚集人群好摆拍吧？

鹿晓拉着郁清岭的手，穿过人群，很明显可以看到其中有一些记者模样的人夹在人群里。他们怀里抱着相机，时不时对着公安局拍上几张，目光与动作都懒散得很，看起来并不是真心来等新闻的。

“鹿晓，”郁清岭忽然停下脚步，声音低沉道，“看那里。”

鹿晓踮起脚尖，果然，正前方有个熟悉的身影，正是陆女士。

大半个月没见，陆女士的脸上已经没有了之前的成熟利落。她僵直地站在公安局门口，一张姣好的脸妆容精致，却遮盖不住她青灰色的眼窝。

她的身后停着一辆黑色的车子，几分钟后，车门打开，两个男人扶着一个瘦削的少年下了车，一路走到陆女士与律师的身后。

所有人的目光都聚焦到少年身上，大家一时间愣住了，因为那个少年完全不像是大家想象中的那样，长相女气且面孔狰狞。相反，那是一个眉清目秀的少年。

他穿着简单的T恤，身体颀长瘦削，看起来就是哪个高中的英俊校草。

明明看起来很正常啊……

围观群众不由得面面相觑，不敢相信眼前的俊秀后生竟然是这几天新闻里那个被打了马赛克的小疯子。

就在众人迷茫间，一个身穿警察制服的年轻女警察从楼里跑出来，一路径直走到陆女士身前。她像是刚刚才发现外头的动荡，皱着眉头向陆女士询问了几句。

青天白日，方才还一脸漠然的陆女士忽然赤红了双眼，从随身的包里掏出一件镶满蕾丝碎花的连衣裙，两手一抖把裙子彻底敞开在警察面前，热泪盈眶。

"啊——"天倾陡然间发现了连衣裙，挣扎着伸手去抓，他的指尖刚刚触碰到裙子，就被陆女士一把拽住。

下一秒，也不知道从哪冒出来几个记者，对着天倾猛烈地按下快门。在所有人反应过来之前，这一系列的过程就已经飞快完成。

鹿晓几乎可以想象出来，明天的头版头条，不，今天晚上的社交媒体和资讯平台上的新闻头图会是怎样一幅画面：一个沧桑的母亲站在烈日底下，向正义的警察哭诉无良的研究机构SGC洗脑了她可怜的自闭症儿子。她的手里死死拽着作为证据的连衣裙，而那个可怜的孩子正疯狂地伸手想要抓住那条裙子，就像一个精神状态有问题的患者。

"太过分了……"鹿晓咬牙切齿。

这样的画面，任凭谁看了都会先入为主，感慨一声"可怜"，真相是什么，又有谁会在乎呢？

陆女士把裙子交到警察手上，对天倾说："不能拿，这是给警察的证据。”

“我的！”

他不过是个孱弱的少年，此时此刻用力挣扎，整张脸涨得通红，赤红色的眼里开始泛起泪花。

接待的警察是个刚毕业的小姑娘，看见天倾这个样子，脸上露出了心疼的神色，把刚接到的连衣裙递到天倾的手里：“没关系，我们先去做笔录，证据晚些给我也没事的。”

女警察刚一松手，天倾就把裙子拽了过去，狠狠地抱在怀里。

顿时，周围的闪光灯又是一阵闪烁。

忽然，天倾一把推开了身边的人，朝人群稀疏的地方冲了出去！

“天倾！”

人群反应过来已经晚了。

少年灵活地在人群中穿行，不一会儿就远远甩开所有人，只留下他怀抱的裙子在阳光下划过一道白色的影子。

“愣着做什么？快追啊！”陆女士尖叫。

她身边的两个男人这才反应过来，拨开人群追向天倾逃离的方向。

人群顿时骚动起来。

鹿晓被几个看热闹的大妈推搡得踉跄，急得直冒火：“我们也追上去看看！”她拽起郁清岭的手绕开人群奋力直追。

公安局门口正对着一条商业街，阳光下，商业街上的行人川流不息。

鹿晓追着天倾的身影一路狂奔，终于耗尽力气，眼下只得停下来，扶着膝盖喘着粗气。

“天……天倾人呢？”她好像把天倾跟丢了？

跟在她身后的郁清岭只是微微出了汗，还有余力四处寻找可疑的人群，忽然他的目光一僵，拉着鹿晓的手猛然收紧。

“怎么了？”她顾不得喘气，跟着郁清岭的目光向远方望去。

只一眼，心脏就快要从喉咙口跳出来了！

郁清岭的目光所及之处是一个二三十层的商业综合体，顶层是一个正在扩建的开放平台，一个小小的影子不知何时已经站在顶端，正沿着楼房的最外延一点点地向商场广告牌攀爬。

“天倾！”鹿晓惊惶地叫出声。

可是她距离楼顶实在太远了，天倾根本无法听见。他依旧像一只蜗牛一样，一步一步地在朝招牌架攀爬，手里拖着的裙子在太阳底下泛着光芒。

越来越多的行人停下脚步，人群中有人不断惊叫：“天哪！”

说话间，几辆消防车鸣笛而过，向大楼的方向驶去。

鹿晓连忙奔跑着跟上消防车的方向，可惜迟了一步，消防员已经驱散了所有围观人群，并在大楼周围拉起警戒线，禁止无关人员进入。

鹿晓只能跟着人群朝上面仰望，急躁得汗如雨下。

“别着急。”郁清岭抓住她的手腕轻轻按了按，“天倾他并没有抑郁倾向，他应该只是躲避，而不是轻生。”

“可万一陆女士她做什么……”

说曹操，曹操到，鹿晓正抓狂，余光忽然瞥见大楼侧门口闪过一个熟悉的影子，正是姗姗来迟的陆女士。她满脸忧虑，踩着高跟鞋飞快地进入楼内，不一会儿，她的身影就出现在楼下围观群众的可视范围内。

陆女士开始对着天倾说话。她神色激动，发型乱得不成样子，说到动情处她开始拼命地擦眼泪，整个人似是要在楼顶的狂风中哆嗦起来。

他们说了什么呢?

鹿晓只能看见原本一心往广告牌深处爬的天倾脚步略微迟疑，站着不动了。他们就这样僵持了十几秒钟，陆女士忽然蹲下身子，看起来是泣不成声。

天倾的脊背佝偻起来，僵直片刻，开始缓缓地往回退。

一步，两步，天倾慢慢地靠近泣不成声的陆女士。

鹿晓用力抓紧郁清岭的手腕，她感觉自己的心脏已经不会跳动了。

Chapter32 天台

天台上，天倾终于走到了陆女士的身边，僵直着身体站在她的身前。正当所有看客都要松一口气的时候，一直蹲着哭泣的陆女士忽然站了起来，一抬手拽走了他手上的裙子，使尽浑身力气朝他脸上挥去一个巴掌。

声音之大，就连楼下都清晰可闻。

下一秒，好不容易镇定下来的天倾发出一声尖叫，转身朝天台的另一端跑去。这一次他甚至没有去抢裙子，直接爬上了楼顶的施工架，摇摇晃晃地向施工架子凌空的延展部分攀爬——

“啊——”围观人群中发出尖叫声。

“那个架子承不了多少重量！快！通知局里调用气垫！”楼下指挥的消防员指挥握着对讲机气得跳脚，“那个女人有病是吧？这是想要儿子死吗？”

陆女士在楼上慌乱地喊了一声“天倾”，腿一软瘫坐到地上。

施工架上的天倾任凭她如何声嘶力竭地呐喊，都没有再回头。他在众目睽睽之下越爬越远，直到施工架的不锈钢开始微微颤抖，才停下了动作——那时，他距离楼顶已经只有十几米远了。

“郁教授……”

“我们上去。”郁清看着摇摇欲坠的天倾，沉声道。

“好！”

鹿晓不再迟疑，她挤开重重人群到了消防员指挥的面前：“您好，我是楼上孩子的护理工作人员！我……”

“护理人员？”消防员暴躁道，“非亲属添什么乱！”

“不是添乱。”郁清岭摘下墨镜，目光沉静，“楼上的孩子患有自闭症，我们是治疗机构的工作人员，比楼上的那位监护人可靠。”

消防员一愣，面露迟疑：“有身份证明吗？”

郁清岭掏出身份证和 SGC 工作证。

几秒后，指挥员选择放行："那是一条人命。"他在鹿晓和郁清岭的身后补充。

那时鹿晓已经冲进电梯。

楼顶的情况远比鹿晓想象中复杂。

女性消防员正在一旁安抚天倾，几个身系安全绳的消防员在大楼侧面匍匐前进，如果天倾刚刚只是在广告牌边徘徊，恐怕早就被突袭的消防员抱住身体解救下来了。可惜，他此时已经爬到施工架的远处，彻底悬空在施救的死角。

"天倾——"陆女士想要冲上前去，却被消防员死死拽住，只能在原地涕泪纵横。

鹿晓和郁清岭路过她，她的目光顿时复杂起来，曾经强势的眼睛里只剩下无望的憎恶。

"别靠近了！"消防员拦住鹿晓，道，"你们就在这里劝说，贸然靠近容易刺激当事人。如果不能确定说出的话有用，只是叫他的名字也能起到一定的作用。"

"天倾……"陆女士气息奄奄。

然而施工架上的天倾根本没有一秒钟的回应，显然已经彻底对她死心。

"天倾……天倾……"语无伦次的陆女士跪坐在地上，眼妆糊了一片，青灰色的眼泪顺着她的脸颊往下流。

鹿晓只觉得讽刺。

这个强悍到能把天倾逼得进急诊、能在大楼的顶层还赏儿子一个巴掌的母亲，不知道此时此刻的绝望是不是真的绝望？

"小心！"忽然，消防员惊叫出声。

天台上响起吱嘎声，那是天倾已经爬到了顶端，忽然换了个姿势，横着坐在了钢架上。他一动，钢质的施工架就因为承受不住重量而发出声响。

“天倾！”鹿晓的声音打破了僵持。

久不回头的天倾，忽然艰难地别过头，望向鹿晓，眼里闪过一丝失措。

控场的消防员经验老到，一看天倾的表情，果断抓住了鹿晓的手腕：“小姑娘，你上去，你快走上去……”他边说边给鹿晓打开了一个缝隙，让鹿晓能够直接走到天台边缘。

天台边缘大风凛冽。

鹿晓路过那条被扔在地上的连衣裙，顺手捡起它，捧着它靠近施工架。

“天倾……”她对施工架上的天倾试探道，“我拿到裙子了，我们下来穿上好不好？”

天倾回过头，却没有回应鹿晓。在那之后，不论鹿晓变换多少个话题，他都好像没有听见一样，全身心地沉浸在自己的世界里。

他的衬衫被大风刮得变了形，勾勒出他嶙峋的身材。

他本人却好像很享受那阵风，仰着头闭上眼睛，前后摇晃起双腿。

“想办法让他睁开眼睛。”郁清岭不知什么时候到了鹿晓身后，在她的耳侧低声道，“闭眼不容易保持平衡。”

郁清岭话音刚落，仿佛验证一般，天倾的身体忽然倾斜了一下。他本能地抱住了施工架，施工架发出拖长的“吱嘎”一声，让现场每一个的人心都吊到了嗓子眼。

“天倾！”鹿晓乱了阵脚。

郁清岭安抚着鹿晓，又帮她穿好安全服。

天倾依旧在一下一下地摇晃着双腿，动作好似一个调皮的小姑娘。

鹿晓的心中忽然一亮，试探地开口：“雨微？”她一出口，瘫坐在附近的陆女士脸色陡然一变。

施工架上的天倾的脊背也是一僵，最后艰难地回过头，麻木许久的脸上第一次浮现了一丝表情——他带着委屈，眼眶红红的，对着鹿晓摇摇头。

“我不要了。”他小声说。

“不要裙子吗？”真的是雨微！鹿晓激动地掐住了自己的手心，脸上仍然保持平稳，“你不喜欢这条裙子了吗，雨微？”

“喜欢。”天倾小声开口，“可是妈妈不喜欢雨微穿裙子，每次雨微藏好裙子都会被妈妈找到，妈妈很生气，雨微很害怕……”

鹿晓短促地吸了一口气，压抑住胸口的震惊——上次在天倾家里，她第一次开口叫出“雨微”，她很快就昏迷了，仔细算来，这还是她第一次有机会和天倾以这样的状态进行真正的对话。

当然现在不是思考这些的时候。鹿晓鼓足勇气又靠近一些：“你先过来，我帮你一起劝妈妈，让妈妈答应雨微留下裙子，好不好？”

天倾的脸上浮现胆怯的表情。

他像个小女孩一般缩紧了脖子：“妈妈生气了，就会打雨微……雨微每次都只能躲在床底下。”

鹿晓心里一惊：“妈妈……怎么打雨微？”她一直以为只是起冲突时陆女士才会情绪激动，没想到……

天倾缩在摇摇欲坠的施工架上，目光茫然，答非所问：“那个医院太痛了，雨微保证不穿裙子，可是他们还是不听。

“雨微不想回去。

“雨微想要带哥哥一起去天堂。”

这是一个小女孩的决断，带着天真，却残酷异常。

鹿晓只觉得心惊肉跳，心慌意乱之间她回头朝陆女士道：“陆女士，你快……你快向雨微保证，绝对不送他去医院！不再打他了！”

陆女士颤颤巍巍地站起身来。

“天倾……”

“我不是天倾！”天倾尖叫着。

陆女士的肩膀佝偻起来，如同一下子老了十岁。她像是鼓起了十成的勇气，才哆嗦开口："雨微……我保证不送你回医院……以后不再打你……你快下来……"

鹿晓能够清晰地感觉到这个无望的母亲的情绪。

她是真的害怕了。

此时此刻，哪怕是一点儿意外的风，天倾也会从这里摔下去粉身碎骨。

"只要你下来……就算你穿裙子，我也不管了……"陆女士缓缓靠近。

鹿晓的视线紧紧锁着天倾，发现他并没有预料之中的迟疑。陆女士一靠近，天倾甚至还往后缩了缩。

不好，他已经彻底不信任她了！

鹿晓的脑海里警铃大作，在天倾有所动作之前，她抢先朝陆女士道："你别过来！"

趁着陆女士停下脚步，鹿晓飞快地看了一眼郁清岭，对他耳语："郁教授，你快去找消防员，就说……"

果然，下一秒，天倾忽然尖声嚷起来："你不要过来！你走开！"他边喊边往后退。

鹿晓慌张道："雨微！雨微！你看，她没有过来！"

天倾抽噎得上气不接下气。

"你看她没有过来，睁开眼看一看……"听着他呼吸渐稳，鹿晓趁机柔声安抚，"雨微，你知道坏人做了坏事之后，会被谁抓起来吗？"

"警察叔叔……"天倾抽噎。

"对，警察叔叔会抓住坏人，会把他们关进牢房，锁上门，不让他们出来。"

"警察叔叔不会抓妈妈……"

"那是警察以前不知道妈妈打雨微。"鹿晓小声道，"你看下面，抓牢铁架子，只看一眼，看见警察叔叔的车了吗？”

大厦的楼下，警车正闪动着警示灯。

“嗯。”天倾怯怯地点头。

“警察叔叔现在已经知道妈妈做了不好的事。”鹿晓柔声道，“你看，警察叔叔来了，你坐过来一点儿就能看见了，来，过来一点儿。”

天倾迟疑了一会儿，扶住铁架台，小小地往回挪动了一点儿。

虽然是一小步，却已经让所有人振奋。

鹿晓回头朝控场的消防员使了个眼色，消防员点点头，放行了早就已经准备好的警察。几个警察带着手铐走到陆女士身边，带头的警察厉声道：“陆女士，你需要和我们走一趟。”

配合的警察用了最简单的语言，方便天倾能够听懂。

天倾依旧迟疑，眼神却松动了。

“雨微，”鹿晓趁热打铁，小声道，“我知道，雨微只是想保护哥哥，对不对？”

天倾只是啜泣。

鹿晓擦了擦眼角的眼泪，朝着天倾伸出手：“去天堂的路太远了，先回来好不好？”

“鹿晓……”天倾哽咽，语气委屈极了。

然后，他开始慢慢地沿着铁架台一点点地往回爬。

所有人都屏住了呼吸，生怕铁架有任何闪失。

就在天倾的手刚刚落在鹿晓的手心那一刻，铁架忽然发出巨大的声响。一瞬间，鹿晓觉得全身的血液都凝固了，她想要用力抓紧天倾，自己的身体却失去了平衡。

糟了！

就在鹿晓快要绝望之际，郁清岭忽然几步上前，握住她的手腕，以一个很巧妙的角度，引着她和天倾往天台的侧边倾倒。

鹿晓和天倾双双倒在了坚实的地面上。

天台上，大楼底下，齐齐地发出震耳欲聋的欢呼声。

鹿晓仍然躺在地面上，她的耳边回荡着尖叫与欢呼，目光所及是蔚蓝的天空，阳光射进眼睛里，刺得眼泪不停地流。

“鹿晓。”郁清岭就站在阳光能照射到的地方，看着地上边哭边笑的鹿晓。

他知道那种感觉。

那是抓住了生命的咽喉，把一个即将溺死的人，从深不见底的海里拽出来的感觉。

在这一瞬间，他恍惚间有种错觉，鹿晓的眼泪，鹿晓的笑容，唤醒了他身体里沉寂许多年的血液。就在刚才他还可以冷静地判断最佳的引导方式，可是现在，他完全被鹿晓的情绪淹没……连他自己的指尖也在发抖。

他尝试克制，然而失败了。

于是他做了人生中最幼稚的一件事——当着所有人的面，抱住了地上的两个人。

“郁教授……”鹿晓的身体僵了僵。

郁清岭并不松手，而是低垂着眼睛，吻去鹿晓眼角的泪水。

这是第一次，他如此真切地感受到身体里流淌着别人的情感，还有那一刻血管里蓬勃的躁动。

就像是蜡烛被点燃，就像灵魂被暖热。

他知道，这种感觉将会陪伴他永久，终其一生都无法磨灭。

Chapter33 天堑

执法记录仪把天台上的整个过程都记录下来。

隔天，当地晚间新闻对本次自杀事件进行了详尽报道，包括执法记录仪捕捉到的一切。

专业的新闻机构对这一次事件进行了更加深刻的起底，天倾的家庭与际遇被彻底曝光：自闭症是天生的，爱穿女装更是早就存在，自幼便屡遭亲生母亲殴打，并非被SGC“洗脑”所致……

一小时后，网上的舆论再一次被点燃。

人们只看见孱弱的少年抱着衣裳退缩到了天台边沿，颤抖得像受惊的老鼠，看见他好不容易下定决心靠近自己的母亲，却被母亲一巴掌扇红了脸。

最终的画面定格在拥抱那一刻。鹿晓和郁清岭抱着天倾，周围响彻营救者的欢呼。

已经不需要任何解释了。

一个把儿子逼到天台，还能施以掌掴的母亲；一个把少年从天台上解救下来的丑闻主角。

谁是谁非，难道还不明显吗？

整个舆论局面已经彻底扭转。

疯狂的席卷之后，“郁教授”的话题讨论页面逐渐恢复原本的模样。

“只有我一个人觉得那条裙子不难看吗？”

“点头，特别显身材。”

“对啊，那条裙子不难看啊，为什么你们都说难看？我都怀疑是我审美了。”

“苍天啊，终于有不怕死的说出来了！”

比起网络上的狂欢吃瓜，事件对于所有当事人来说，其实并没有带来多少畅快愉悦。消防车散去，警车把天倾送回家，陆女士装作“被抓”后暂时消失，不再露面。到黄昏时，所有人都坐在陆宅的客厅里，各自抹去自己的冷汗。

每个人都疲惫至极。

于妈安顿好天倾，回到客厅，一句话也不说，忽然颤抖着朝鹿晓和郁清岭鞠了一躬。

鹿晓原本已经在沙发上瘫倒了，又挣扎着爬起来，扶住于妈：“您不必这样……”

于妈抬起头来，灰白的脸上老泪纵横。

鹿晓又忍不住鼻子泛酸，手忙脚乱地扶着于妈坐下，小声地叮嘱她：“我把我的电话留给您，您遇到什么问题，任何时间都可以打给我。”

于妈连连点头。

“您别担心，陆女士暂时不会和天倾见面。从明天开始，天倾就在家里休养，劳烦您照顾。”

鹿晓的声音越来越轻，她有些头晕，说到最后已经有些气力不足。

于妈追问道：“鹿小姐，请问陆太太她什么时候才能……”

鹿晓摇了摇头，低声道：“不知道。”

“我有些累，要先回去了。”鹿晓小声嘟囔着往外走，还没走两步，忽然觉得缺氧，脚步也开始踉跄。

她以为自己会向后栽倒，结果却投进一个温暖的怀抱里。顷刻间，清新的气息钻入鼻息，她的整个身体好似沉浸在最软的云朵里，飘飘荡荡，浮浮沉沉，又好像金鱼在水里摇摆。

“睡吧。”

郁清岭打横抱起鹿晓，把她放到客厅的沙发上。

鹿晓大概是感觉不适，眉头皱起，直到她摸索到沙发上的抱枕，才满意地枕在头下。过了一会儿，她的眉心舒展开来，进入了沉沉的梦乡。

郁清岭坐在沙发上，望着鹿晓毫无防备的脸，轻轻撩开她的刘海。

“要不要我去拿床被子？”于妈手忙脚乱地道。

“不用。”郁清岭摇了摇头。

他刚刚接到一条信息，是商锦梨发来的：我来接鹿晓，五分钟后到陆家。

不一会儿，一辆拉风的跑车轰鸣着驶入院内。

秦寂从驾驶座下来，与商锦梨一起走进陆家的客厅。他的目光在客厅里扫视了一圈，径直走向沙发，熟练地抱起了鹿晓。

郁清岭却伸手拦住了秦寂。

“郁教授还有什么事吗？”

郁清岭的眉心微皱，低声道：“你带她去哪里？”

秦寂笑得很和善：“回她公寓，去我公寓，回我父母家，这些都是她合理合法的去处。三分之一的概率，郁教授要不要猜猜看？”

商锦梨十分无奈，如果不是公关费用还没结算，她真想朝秦寂挥一巴掌。

“我们会送回她的公寓休息。”商锦梨对郁清岭道，“顺便请两天假，好好休整一下，可以吗？如果有工作还未完成交接的话……”

“可以。”郁清岭郑重地点头，他的目光仍然在鹿晓身上，一字一顿认真道，“务必，好好休息。”

“你放心，我会照顾好她的。”商锦梨笑道。

商锦梨和秦寂一前一后走出陆家宅邸，很快，车子就消失在所有人的视线中。过了片刻，大家终于发现，陆家院子里不知道什么时候多了一个人。

“卸磨杀驴，兔死狗烹，过分。”被迫滞留的前协科公关部特聘心理专家黎千树愤愤不平地道。

黎专家刚刚帮助协科部署好后续的舆论引导，正式为这一次外援画上完美句点，听说郁清岭和鹿晓在陆家，就随车过来探望了。

黎千树望着绝尘而去的秦寂三人叹息，一回头，他看见神情异样的郁清岭，顿时又笑了。

“老郁，”黎千树热情地搂住他的脖子，“鹿晓被抱走了，有特别的感觉吗？”

郁清岭罕见地没有犯有问必答症，他的注意力还在远方，表情有些茫然，看起来有点儿像不小心放断了风筝线的孩子。

直到两个人坐上回程的出租车，郁清岭才呼出一口气，声音低沉道：“并不愉快。”

“啊？”

郁清岭皱起眉头，低声补充道：“虽然他的所有行为都合乎逻辑。”他的眉头狠狠皱起，“可是我并不高兴。”

反应过来的黎千树不禁大笑，这种程度……可真是千年等一回的情绪暴躁啊！

回程车上的鹿晓，其实睡得并不安稳。

车子始终在动，后座太短，她没有办法伸直双腿。恍恍惚惚间，她好像梦见自己回到了多年之前那场可怕的车祸现场。

她躺在漆黑的车辆废墟里很久很久，秦寂就毫无声息地躺在她身旁。她不断呼喊秦寂的名字，却怎么都叫不醒他，最后恐惧克服了疼痛，她缓缓地从车窗里爬出来，呆呆地望着昏迷不醒的秦寂。

深夜的盘山公路上一个人都没有，只有山风呼啸。

就在鹿晓快要绝望的时候，她猛然看见就在十几步开外的地方有一个瘦削的身影。那个身影正在发抖，他愣了一阵子，果断捡起石头开始砸车窗的玻璃。

整个过程中，他没有发出一丁点儿声音，沉默得像一个哑巴。

只有石头敲击玻璃窗的声音，一下一下，在深夜清晰得让人心惊。

“我说，你这样就真没意思了。”副驾驶上，商锦梨朝后探望，确定鹿晓没醒，才朝秦寂丢了个鄙夷的眼神，“欺负人家郁教授做什么？你又不抢。”

秦寂抬头看了眼后视镜，勾了勾嘴角：“商小姐，我和你好像没那么熟。”

这一句过后，两个人再没有交谈。

车子平稳行驶到鹿晓的公寓，秦寂抱着鹿晓上楼，把她安置到床上，替她轻轻盖上了被子。

商锦梨翻着白眼拿来一张湿巾，小心翼翼地替鹿晓擦脸，一抬头，对上秦寂阴恻恻的眼神，她干笑：“那些涂在脸上的东西很难受的，你们男人不懂。”她话音刚落，果然，鹿晓微锁的眉头渐渐舒展。

商锦梨朝秦寂抛了个得意扬扬的眼色。

两个人轻手轻脚地退出鹿晓的房间，关上房门，各自舒了一口气。

商锦梨从厨房找到一瓶冰水递给秦寂，顺便送他出门，然后认真叮嘱道：“记得尽快转账。”

秦寂笑道：“你赚起钱来真是不留情面。”

“毕竟我和你没那么熟。”

秦寂看了一眼手里的冰水，又抬头看了一眼商锦梨。灯光下，她的脸千娇百媚，每一根睫毛都仿佛自带风韵，眼眸深处却分明闪着清醒的微光。

秦寂觉得有趣：“你还真是像传闻中的那样，赚钱利器。”

商锦梨笑得越发优雅：“唯有暴富，解我心忧。”

鹿晓这一觉睡得天昏地暗，日月无光，等她彻底转醒时，已经是第二天下午。

她简单吃了些午餐，独自游荡到天倾家门外，却意外地见到了一个可疑的身影——那个人就站在别院的十字路口，见到有人靠近就匆匆离开。

鹿晓探望过天倾，留了一个心眼，在他家的楼梯窗口悄悄站了一会儿，果然看见那个鬼鬼祟祟的身影又悄然潜伏到了院落外。这一次鹿晓居高临下，总算是看清了那个人影，竟然是……

鹿晓走出院落，朝那个身影问道，“您……”

谁知，鹿晓的声音刚一发出，对方便仓皇地离开了。

鹿晓悄悄叹了一口气，她不知道陆女士需要在这里站多久，才能跨过母子之间的那条天堑，唯一可以肯定的是，那将是一条漫长而又布满了荆棘的曲折道路，没有任何人可以帮到她。

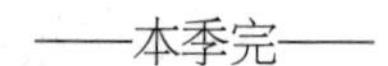
——本季完——